# Männer sind doof – Frauen sind doofer
## von J.J. Wimmer

# Männer sind doof – Frauen sind doofer

## Memoiren eines ganz normal-ungewöhnlichen Lebens

von

## J.J. Wimmer

Bibliografische Information der Deutschen
Nationalbibliothek:

Die Deutsche Nationalbibliothek
verzeichnet diese Publikation in der
Deutschen Nationalbibliografie; detaillierte
bibliografische Daten sind im Internet über
dnb.d-nb.de abrufbar.

© 2010 Jessika Joy Wimmer

Text: Jessika Joy Wimmer

Umschlaggestaltung: Jessika Joy Wimmer

Satz und Layout: Armin Zipfel

Herstellung und Verlag: Books on Demand
GmbH, Norderstedt

ISBN: 978-3-8423-1931-8

Printed in Germany

Gewidmet
allen Frauen,
die in einer Beziehung feststecken

und natürlich meinem Schnucki,
den es wirklich gibt

## Der Anfang (vom Ende?)

1 Ist-Situation......................................................7

2 Vergangene Tage........................................ 13

3 Neuer Aufbruch.......................................... 17

4 Der Preis der Freiheit.................................. 19

5 Traum und Realität...................................... 24

6 Auf zu neuen Ufern..................................... 32

7 Die erste Nacht im eigenem Reich.......................... 35

# 1 Ist-Situation

Es war wieder einmal kurz vor Weihnachten und ich hatte meine Krise.

Einkaufen – Geschenke packen – wer bekommt was und vor allem wie viel und all das Gedöns.

Mitten in meinem Superluxusleben in meinem wunderschönen Haus und dem Garten, den ich all die Jahre zu einem kleinem Schatzkästchen verwandelt hatte.

Nebenbei hatte ich natürlich noch einen Job, der mir einiges abverlangte, aber wie alle Frauen war ich nicht gewohnt, darüber zu sprechen, denn Frau tut das alles – und es ist selbstverständlich, dass es keiner bemerkt, außer man hat irgendetwas vergessen…

Kurzum gesagt, ich hatte wieder eine dieser üblichen Weihnachtsdepressionen.

Habe ich alles?

Hab ich alles für die Anderen?

Habe ich genug besorgt???

Und – wo sind die Verlegenheitsgeschenke, falls man von irgendjemand irgendwas bekommt, was zwar keiner brauchen kann, man aber nun mal nicht ohne Gegengeschenk da stehen möchte?

Sind alle Geschenke optisch korrekt und einwandfrei verpackt?

(erinnere mich noch an das Geschenk für meine Schwiegermutter – es war das Papier vom letzten Jahr, in das mein Geschenk eingewickelt war – gebe zu, war dumm von mir, mich nicht daran zu erinnern)

Fehlt was – und wenn ja, was?

GRUSELIG

Warum immer die Anderen?
Wo ist mein Geschenk an mich, was mir früher immer so wichtig war?
Es war das wichtigste von allen…

Ich weiß es nicht, ich kann mich nicht erinnern, wann ich mir das letzte Mal eine wirkliche Freude gemacht habe.

Aber egal!!!
Weitermachen, einpacken, möglichst schön und viel, das ist es – nicht weiter darüber nachdenken!
Nur nicht nachdenken!!!

Uff, geschafft, das war das letzte – so, und nun alles verstecken und diesmal keine Fehler machen (äh, habe ich alles beschriftet? – Ja)

Oha, höre das Auto in der Auffahrt – mein Mann kommt, schnell weg mit dem Zeug.

„Hallo Liebling, wie war Dein Tag?"

„Ging so."

„Geht bestimmt mächtig zu so kurz vor Weihnachten, oder?"

„Hält sich in Grenzen – was gibt's zum Essen?"

„Hab mir gedacht, wir gehen heute mal zu unserem Italiener? Magst Du?"

„Ich will einfach nur meine Ruhe." (verschwindet in Richtung Couch)

„Aber klar, wenn Du hier essen möchtest, ich zaubere uns schon eine Kleinigkeit."

Ich verschwinde in Richtung Küche.

Aha, vielleicht Pasta mit Pilzen und Schinken in Sahnesoße? Mal sehen...

„Schatz, magst Du Pasta?"

„Egal – mach irgendwas."

Irgendwas, wo bitte krieg ich IRGENDWAS her?

Ok, mach ich mal die Pasta.

Toll, der übliche frustrierte Abend einer frustrierten Ehefrau in einer frustrierten Ehe…

„Wir können ja heut Abend den Kamin anmachen und es uns so richtig gemütlich machen. Was meinst Du?"

„Später, hast Du schon Nachrichten gehört? Das mit der Finanzkrise wird immer gravierender…"

Pasta ist fertig, noch ein bisschen verfeinern…

„Ich mach mal die Nachrichten an, schließlich ist es Acht." (Scheiße – Pasta ist gerade al dente)

„Ähm, die Pasta ist jetzt fertig…"

„Später, die Nachrichten dauern nur eine Viertelstunde."

(Dann sind sie nicht mehr al dente)

„Ok Schatz, ich stelle die Dinger irgendwie warm" (und geh jetzt eine rauchen!!!)

Oh, Mann!
Da war es wieder, dieses altbekannte Gefühl!

Ist das alles?

Ist das das Ziel des Lebens?

Ist das das Ziel MEINES Lebens?

Ein ausgestopfter Vogel in einem goldenen Käfig?
Das Ende meiner Seele, das Ende meiner selbst....
Jetzt sterben, vielleicht habe ich nun die Erfüllung
erreicht?

Wie lange hat er noch mal gesagt, dauern die
Nachrichten?

Egal – vergessen – ich rauch noch eine…
Ach ja – und wo war ich stecken geblieben?

Irgendwo in meinem Käfig…

Was wurde aus meinen Träumen?

Was wurde aus meinen Zielen?

Wo bin ich? Und wo wollte ich hin?

„Können wir jetzt essen? Ich hab Hunger!"

Oh Gott – schon so spät!!!

So spät???

Zu spät für al dente Nudeln – zu spät für???

Für mich???

„Ich komme Schatz, entschuldige bitte, ich hab grad im Garten noch ein paar Dinge geordnet."

(Vielleicht kann ich noch was retten von den Nudeln, – vielleicht entschuldige ich mich auch dafür, geboren zu sein?!)

Nein – Frau ist Diener, ist Freund, ist Hure und Krankenschwester… das war es, was meine Mutter immer schon sagte, und ihre Mutter, und die davor…

## 2 Vergangene Tage

Joy – meine Eltern gaben mir den Namen Freude – aber Freude habe ich meinen Eltern nicht viel gemacht, genauso hätten sie mich auch Hope nennen können, denn Hoffnung gab es nur dann, wenn ich nicht da war, oder bevor ich meinen ersten Schrei getan hatte.

Rundum war ich ein absolutes Wunschkind, ein perfekt gelungener Wonneproppen. Tja, das war ich – Schreck aller Lehrer und ausgegrenztester aller Außenseiter, aller Freunde, nicht integriert oder nur als Oberhaupt einer Clique denkbar.

Dann, etwas später, kamen die üblichen Sünden der Pubertät in Form von verpickelten Jungs, die nur ich oder ihre Eltern schön finden konnten, und dann eines schönen Tages die Traumhochzeit in weiß mit immerhin schon 23.

Ich weiß – reichlich spät.

Hab mir eben Zeit gelassen (das ist die offizielle Version, die Wahrheit sieht anders aus).

Traumhochzeit – ach ja???

Mein Vater, vollkommen besoffen klammerte er sich an den Arm meiner Mutter, in der Hoffnung, sie würde seinem Gewicht etwas entgegenstemmen können.

Ungefähr so, als ob ein Wal durch einen Mittelklassewagen gehalten wird – also das Hochzeitsfoto müsste im Grunde in die Geschichte unserer kleinen Gemeinde eingehen.

Ein Zitat dieses denkwürdigen Tages ist mir bis heute äußerst lebhaft in Erinnerung geblieben:
„Junger Mann (hicks), wissen Sie – ähm Du – eigentlich, was Sie sich da antun?"

Ach so – ja. Über diese Gemeinde hatte ich noch gar nichts gesagt: Germershausen – ein verschlafenes Nest irgendwo zwischen Spessart und Rhön, ist auch vollkommen egal und uninteressant, wo das ist! Nur für mich war es damals eben der Nabel der Welt, bevor ich in das Umland von München zog.

Und hier war ich nun, rund 20 Jahre später, in meinem rosaroten Haus in meiner rosaroten Welt.

Alles schien perfekt, bis zu dem Tage, als mir der Arzt sagte, dass nun mal eben alles doch nicht so perfekt ist und wir keine Kinder bekommen können und ich eben nun mal krank bin und überhaupt:
WER BRAUCHT SCHON KINDER?

Diese ewig quälenden, nie zufrieden zu kriegenden Monster, die mich nur immer an die eigene Unzulänglichkeit erinnern?

Nein, das braucht Frau nun wirklich nicht!

Komisch, ich hatte mich relativ schnell damit abgefunden, die anderen aber nicht.

Es ist manchmal wirklich erstaunlich, mit welcher Penetranz und Beharrlichkeit man von gewissen Leuten immer wieder daran erinnert wird, dass man es eben nicht bringt.

Irgendwann war mir das zu doof und ich habe begonnen, auf die Fragen entweder gar nicht oder mit einer so gewaltigen Retourkutsche zu antworten, dass spätestens beim zweiten mal gar nicht mehr erst gefragt wurde.

Im Grunde hatte ich dann meine Energie in alle anderen schönen Dinge investiert, die es so gibt: perfektes Haus, perfekter Garten, perfekter Beruf, perfekter Haushalt, perfekte Küche…

Und irgendwann war ich dann hier in meiner eigens geschaffenen rosaroten Welt angelangt und inzwischen schon reichlich rundlich und bequem geworden…

Und trotzdem – alles perfekte ging mir so gehörig auf die Nerven, weil ich immer wieder suchte:

War es das jetzt?

War es das für mich?

Bin ich glücklich?

Und wenn ja, woran erkennt man denn, dass man glücklich ist???

## 3 Neuer Aufbruch

Irgendwann war sie da, dann hatte ich sie, die Antwort auf alle meine Fragen; sie lautete:

## NEIN!!!

Nein - ich bin nicht glücklich!

Nein - das ist nicht die Erfüllung!

Nein - und das ist noch lange nicht das Ende!!!

Jetzt geht es erst los, jawohl!

Ich beginne – TAG X ist heute!

Es ist Silvester, Neubeginn – Neuanfang und heut Abend schließ ich die Tür zu meinem rosaroten Leben ab, denn ab jetzt wird es endlich BUNT!!!

Farbe, ja das ist etwas, was mir schon lange fehlt - ich hab doch früher gemalt und war auch sonst so kreativ, dass wirklich nichts und niemand vor mir sicher war.

Hatte ich nicht immer so ausgefallene Ideen?

Warum nur um alles in der Welt habe ich meine Energie so für andere verschwendet und mich vergessen, aufgegeben und untergeordnet?

Ach, das ist im Grunde auch egal.

Es ist vorbei und damit Schluss, denn meine neue Lieblingsfarbe ist

BUNT!!!

JAWOHL!!!

## 4 Der Preis der Freiheit

Endlich war es soweit, es war Silvesterabend und wir saßen bei unserem Lieblingsitaliener.

Irgendwo hatte ich gelesen, dass es am einfachsten ist, in einem Lokal Schluss zu machen.

Na, so richtig wohl war mir nicht wirklich bei der Sache, aber es musste sein, wenn ich neu anfangen will. Und das wollte ich – mehr als alles andere auf der Welt und für sein Glück muss Frau eben Opfer bringen – und sei es in der Form eines Ehemannes.

Wir waren beim dritten Gang, als das Schicksal seinen Lauf nahm.

Ich fing ganz unbeschwert (soweit es mir möglich war) an:

„Dieses Jahr hat sich Giorgio aber extrem ins Zeug gelegt, der Fisch ist köstlich! Wie ist Dein Filetto?"

„Sehr gut, auch der Wein passt glänzend dazu."

Ich machte eine großzügige Atempause und wartete auf seinen fragenden Blick.

Und dann war es soweit:

„Ich möchte Dich einfach mal was fragen." (Der Fisch ging nicht mehr ganz so glatt runter und ich hatte trotz Schauspielschule einen Extremkloß im Hals.)

„Frag."

„Liebst Du mich eigentlich noch?"
(Alle Achtung – sehr cool und berechnend von mir – es gruselt mich selbst, wie sehr ich in der Lage bin, Gefühle auszuschalten)

„Wie bitte?... Na ja – was für eine Frage?"

„Nein, ich meine es im Ernst: Liebst Du mich noch?"
(Mist, jetzt bin ich rot wie die dusslige Rose auf unserem Tisch. Dass man immer so blöde Blumen hinstellt und meint, alle werden allein durch deren Anwesenheit glücklich!)

„Wenn ich ehrlich bin, … nein … hm???"

So, erster Teil geschafft. Ich wusste, dass er das sagen würde, weil er es einfach sagen musste.

„Mir geht es genauso. Sei mir jetzt bitte nicht böse, aber irgendwie ist bei uns die Luft raus."

Ich muss sagen, jetzt glaubte ich erst, dass er begriffen hatte, über was wir hier redeten. Es war nicht das übliche Bla-Bla-Gespräch, was wir bei Tisch in den letzten Jahren führten, sondern hier passierte was und es ging um mehr – nämlich um uns.

„Wie meinst Du das?"

„Na ja, wir unternehmen nix mehr zusammen. Jeder von uns hat seinen Job, auf den er sich konzentriert und wenn wir beide von der Arbeit nach Hause kommen, ist es wie in einer Wohngemeinschaft, dass jeder seine Rolle übernimmt und ausfüllt. Aber das WIR fehlt."

„Ich glaube nicht, dass wir das hier und heute besprechen sollten!"

„Es ist egal – nichts ist besser oder schlechter als hier und jetzt."

„Ich hab keinen Hunger mehr. Lass uns gehen und zuhause reden."

Muss sagen, toll, ich weiß nicht, wie ich in so einer Situation reagiert hätte. Er hat es wirklich angenommen – aber ob er mich auch ernst genommen hat? Vielleicht – na ja.

„Ich glaube, Du hast recht. Lass uns zahlen und gehen. Dann lass uns reden." (Hat was – diese Freundschaft zwischen uns ist einfach klasse!)

Nachdem wir zuhause waren, haben wir 3 Stunden geredet, den Jahreswechsel verpasst und weitergeredet. Schließlich waren wir beide blau und sind auf der Couch eingeschlafen.

Am nächsten Morgen (bzw. Mittag) war die Nacht rum. Wir erwachten und quälten uns ins Bad. Erst mal frisch machen…… Oh Gott, hoffentlich hat er genauso einen Schädel wie ich. Gruselig.

Jetzt kam auch die Erinnerung an den vergangenen Abend wieder. Erbarmungslos. So wie sein erster Blick für mich.

Ich bin der schlimmste Sünder der Welt.

Frühstücken ging wie gewohnt. Ich hab gewerkelt, er hat's verdrückt.
Anschließend ging ich meiner Arbeit nach (Hausfrautätigkeiten) und er verschwand in sein Reich (Arbeitszimmer).

War interessant. Jeder grübelte vor sich hin.

Irgendwie ging die Sache so glatt, zu glatt.

Das kann doch nicht sein, dass wirklich jeder von uns wusste, dass die Zeit für uns vorbei war?

Doch es war so – genau so und nicht anders.

Diese Zeit war vorbei und nun kam das spannendste Kapitel meines Lebens:

Auf eigenen Füssen stehen.

# 5 Traum und Realität

Freunde – ich brauch Euch!!!

Tausend Telefonate und Emails später hab ich es endlich geschnallt. Jeder findet es toll und will mich unterstützen und helfen und wie…
Gott wie schön!
Und was nicht noch alles, und wenn Du mal jemanden wirklich brauchst und wenn es nur ein Rat ist, dann ist plötzlich keiner mehr da.

Freunde – wo seid Ihr???

So, jetzt bin ich also auf mich gestellt.

Macht nix! Jetzt erst recht!

Im Grunde wollte ich das ja schon immer und allen beweisen wollt ich es auch! Keiner traut mir zu, dass ich es schaffe.

Na ehrlich gesagt, haben die ja auch alle recht.
Hab noch nie allein gelebt, bin aus wohlbehütetem Hause in eine wohlbehütete Beziehung eingezogen.

Tja, so ist das eben, weil ich auch immer den Weg des geringsten Widerstandes gegangen bin.

Egal, nun steht es fest.

Nun steht mein Plan.

Erst ne Wohnung suchen, dann kommt alles andere…

Eins nach dem andern und nix überstürzen!

Na, jetzt ist Januar und es ist eben etwas frostig draußen.

Hätte gern was kuscheliges, zweieinhalb bis drei Zimmer, schließlich brauch ich Platz für mein Hobby und das stinkt, also ein Atelier muss sein.

Ein Gästeklo wäre auch nicht zu verachten.

Schöne Küche und zwar schon eingebaut, ich tu mir das doch nicht an, auch noch auf eine Küche zu warten und weiter Geld zu investieren.

Bad, ja, mit Waschmaschinenanschluss, damit ich nicht in den Keller laufen muss.

Wohnzimmer mit Loggia, ja das muss sein! Am Abend mag ich bei einem Glas Wein draußen sitzen und gemütlich eine rauchen können, ohne dass ich eingeschneit oder voll geregnet werde.

Kurzum, ich will die perfekte Wohnung mit perfekter Lage zu günstigem Preis und zwar sofort – nicht mehr warten – endlich beginnen!

Zeitungen sind schon was tolles. Stundenlang kann man darin blättern und so sinnige Anzeigen lesen. Aber es ersetzt nicht den optischen Eindruck, also hab ich ins Internet geguckt und siehe da, zwei Wohnungen gefunden, die in Frage kommen.

Cool, dann schreib ich die jetzt einfach mal an und dann sehen wir weiter.

Schön ist diese Spielwiese. Macht richtig Spaß und wenn es mir nicht passt, dann hat es keinerlei Konsequenzen, oder doch?

Besichtigungstermine gebongt, auf geht's zum ersten Termin:

Voller Elan stürze ich mich ins Abenteuer.

Es ist frostig kalt, windig und überall liegt Schnee.

Ein Auto hab ich – und was für eins!

Cabrio, Mittelmotor und ganz genial bei dem Wetter, das hintere Handschuhfach (man kann auch Kofferraum dazu sagen) ist auch gigantisch. Wenn ich nur daran denke, mein ganzes Zeug damit zu transportieren, wird mir jetzt schon mulmig.

Aber noch brauch ich das ja nicht, momentan muss ich nur zur Wohnung fahren.

Wann hatte ich die Kiste das letzte Mal rausgeholt?

Hoffentlich springt die Karre überhaupt an – nicht dass ich mir ein Taxi rufen oder das allerschlimmste – mit öffentlichen Verkehrsmitteln fahren muss – gerade im Winter, wenn die ständig Verspätung haben und die Leute so mufflig drauf sind…

Ahhhhhhhh – alles ok. Das Kätzchen schnurrt wie gewohnt.

Gott schütze den Erfinder des Navigationssystems!

Wie – ich bin nicht der einzige hier?
Das ist ein richtiger Massenauflauf!!!
Na toll und Maklergebühren auch noch? (Aha, stand in der Annonce – Lesen bildet!!! Grummel) Na das kann ja heiter werden.

Ja aber ich brauch eine Wohnung, sonst kann ich gleich einpacken und aufgeben!

Na gut, das Styling stimmt – die Frisur hält – wird schon schiefgehen!
Auf zum Gefecht!

Hallo, jetzt komm ich!

Scheiße!

Die Wohnung ist genial, aber die andern drei finden das auch, Obermist!

Nur nichts anmerken lassen – Pokerface!

Oh, jetzt finden die wirklich alles prima und verschwinden mit dem freundlichen Makler in der Küche!!!

Super – was mach ich jetzt???

Ich könnt abwarten und mir zum zehnten Mal das Gästeklo angucken… oder die Loggia… oder die schöne Küche…, den Waschmaschinenanschluss …

ES REICHT!

Mein Auftritt!!!

Ich pirsche mich von hinten an den Makler ran und setze meinen schärfsten Blick auf. Na ja, schlecht schau ich ja auch für Mitte Vierzig wirklich nicht aus, ein bisserl rundlich halt – aber im Winter mit Mantel sind sowieso alle etwas dicker.

„Die Wohnung hat schon so das gewisse etwas, ist ganz gut aufgeteilt."

(Die Wohnung ist einfach geil und ich muss sie haben, sagen Sie mir was ich dafür tun muss!)

„Ja, da haben Sie recht. Haben Sie schon alles gesehen?"

Sofort meine Chance witternd, greife ich an:

„Ich hatte der Annonce entnommen, dass ein Tiefgaragenstellplatz und ein Kellerabteil noch dazu gehören?"

„Ja, ein TG-Stellplatz kann mit angemietet werden."

(Scheiße, die Kosten steigen ins Unermessliche, von meinem mageren Gehalt ganz zu schweigen, aber mein armes Auto kann nun mal nicht draußen stehen, der springt sonst nie wieder an...)

„Oh ja, hört sich gut an, kann ich den mal sehen?"

(Immer schön die Ruhe bewahren und alle Mann auf verlorenen Posten gehen!)

„Ja, das können wir gleich im Anschluss machen..." und an alle gerichtet:

„Falls von Ihnen noch jemand Kellerabteil oder Tiefgarage sehen möchte, melden Sie sich bitte."

Na toll, da haben wir den Salat. Ein Paar geht zur Eingangstür, die anderen scheinen schon aus dem Rennen zu sein, nachdem sie festgestellt haben, dass in der Wohnung bereits eine Einbauküche ist und sie ihre mitnehmen wollten. (hihi, Leute gibt's, die sollten erst mal lernen, die Annoncen richtig zu lesen!)

Dem alten Herren war es zu teuer, na ja kann ich auch verstehen... Er sagt, er könne sich die Sache nicht leisten. Nun denn, sind wir mal ehrlich, mit Nebenkosten hatte ich auch nicht kalkuliert.

Aber ich brauch diese Wohnung, ich kann nicht ohne sie leben, es muss sein um jeden Preis, auch wenn ich jahrelang nur Brot mit Margarine esse!!!

Übrig bleiben nur ich und das nette Paar mittleren Alters, na dann mal los, zwei gegen einen, damit werde ich schon fertig. Die haben natürlich kein Problem bzgl. Zahlung, eben Dinks – Double income no kids. Gruselig, da haben sie einen deutlichen Vorsprung. Außerdem kann ich mir nicht vorstellen, dass das heute der einzige Besichtigungstermin ist, tausende werden folgen und alle wollen sie meine Wohnung!!!

„Wer von den Herrschaften noch weiter interessiert ist, kann sich hier einen Fragebogen bzgl. der Selbstauskunft abholen. Diesen füllen Sie dann bitte zuhause aus und faxen ihn uns umgehend zu."
Du lieber Himmel –auch das noch. Jetzt bin ich verloren, ich werde unter irgendeiner Brücke schlafen müssen, es wird kalt sein, sehr kalt und sehr einsam!!!

Da, da haben wir den Salat!
Das war's!
Das nette Paar hat sich einen Bogen genommen…

Wie ferngesteuert greife ich zu und sichere mir ohne mit der Wimper zu zucken betont lässig auch einen Bogen.

Aha, wusste ich doch. Die anderen haben aufgegeben und verabschieden sich.

So.

Und nun zum Rest der Bude! Na dann wollen wir mal sehen, dass es irgendeinen dunklen Fleck bei diesem Zuckerpärchen gibt, was sich ausschlachten lässt und mir meinen verdienten Vorteil sichert und dann natürlich den Sieg!!!

## 6 Auf zu neuen Ufern

Natürlich hab ich nichts gefunden.
Natürlich war dieses Paar der Sieger.
Natürlich haben sie meine Wohnung gekriegt.
Natürlich leben sie nun da glücklich bis an das Rest ihrer Tage.
Natürlich…

Halt!!!

Stopp!!!

Aufhören!!!

Nächstes Mal fange ich es einfach besser an. Eine Strategie muss her und zwar eine strategische!

Wozu habe ich meinen Verstand – hä? Hirn komm raus, du bist umzingelt!

Also wieder Annoncen lesen.
Na ja, die zweite Wohnung war der Horror. Fünfter Stock ohne Lift. Kein Platz für die Waschmaschine in

der Bude, der kleine Bullerofen war schön. Aber das Holz muss auch erst vom Keller hoch.

Heut Abend werde ich erst mal meine Eltern besuchen… oder auch nicht. Ich ertrag es nicht länger – ich muss raus aus dieser rosa Welt und diesem Haus.

Aha – Handy. Wird meine Freundin Isa sein, wie mach ich ihr nur klar, dass es nicht geklappt hat?

Ups, die Nummer kenn ich nicht – wer mag das nur sein?

„Hallo, spreche ich mit Frau Wimmer?"

„Ja, am Apparat."

„Hier ist Schulze von Hiemer Immobilien. Sie haben letzte Woche in Grasslach eine Wohnung besichtigt."

„Ja, habe ich."

„Haben Sie noch Interesse an dem Objekt?"

Meine Güte – was war das denn? Hab ich mich verhört???

Sicherlich will er den Preis in die Höhe treiben. Aber das ist meine Wohnung – ja, jetzt bin ich hellwach!

„Prinzipiell schon, ich habe zwar noch ein anderes Objekt in der näheren Auswahl, aber da sind noch ein paar Ungereimtheiten…"

So ein Quatsch – natürlich gibt es kein anderes Objekt, gab es nie, es gab immer nur diese eine Wohnung, weil das eben meine Wohnung ist und ich sie unbedingt haben will. Immer noch – ist vollkommen egal – ich zahle jeden Preis, ich liebe Margarine und Brot!

Willkommen Traumfigur!!!

## 7 Die erste Nacht im eigenem Reich

Jippie! Es ist geschafft..

Jetzt hab ich sie, meine Freiheit, mein eigenes Reich, meine eigenen 4 Wände und ganz für mich – allein!!!

Der Umzug war kein Drama, auch der Aufwand mit dem Transport mit meinem Auto hielt sich in Grenzen. Hab alle meine Dinge auf das nötigste reduziert und in Kartons gesteckt, hübsch verpackt, denn das kann ich ja, beschriftet und durch die Umzugsfirma umziehen lassen.

Alles hat prima geklappt, es schaut hier nun zwar aus wie im Versandhandel, aber zumindest steht mein Sofa im Wohnzimmer, meine beiden Schränke von meiner Oma und die Kisten mit Esszimmertisch, Stühlen und Regale zum Aufbau bereit.

So, das muss gefeiert werden!
Am besten mit einer schönen Flasche Wein oder Sekt – oder besser noch Champagner!!! Ans Sparen kann ich später denken!

In weiser Voraussicht hatte ich mir auch ein Fläschchen des edlen Nasses bereits in den Kühlschrank gestellt. Tja, clever vorgeplant eben!

Das gönn ich mir jetzt!!!

In welchem Karton waren jetzt noch die Gläser?

Auweia, wo ist der dusslige Karton???

Aha, in der Küche steht einer mit allem möglichen, tatsächlich ist da Geschirr drin, wie eben auch drauf steht... (gut, dass man sich bei drei Zimmern mit Bad und Gästeklo nur schwer verlaufen kann!)

Ok, nehmen wir eben die Tasse, ist ja schließlich auch egal, auf die Etikette leg ich heut sowieso keinen Wert mehr, nur noch Füße hochlegen, ausspannen und genießen.

Ich sitze auf dem Sofa, auf dem ich auch in nächster Zeit schlafen werde und starre an die kahle Wand gegenüber.

Hübsch trostlos, denke ich mir, aber es wird schon werden.

Im Eck steht der alte Fernseher, eine Stereoanlage, einen Karton hab ich mir als Tisch schon vor die Couch platziert – hat was!

Gefällt mir – reduce to the max!

Es ist nun Abend und es ist März, ich sinniere ein bisschen vor mich hin.

Langsam bekomme ich Hunger…
Noch ein Schlückchen Schampus!
Ich habe Hunger…
Hunger!!!
…und zwar gewaltig!

Mist!!!

Einkaufen wollt ich morgen. Aber ich hab Hunger, und zwar jetzt!

Noch ein Schlückchen Champagner, vielleicht wird's besser…

Weit gefehlt! Schlimmer wird's und ich male mir aus, was ich essen könnte.

Toll, inzwischen ist es halb neun abends und die Geschäfte haben zu.
Gut, dass die Vormieter mir immerhin noch eine Glühbirne an der Decke gelassen hatten, die denken eben mit!

Jetzt sitz ich hier wenigstens nicht im Dunkeln mit meinem Hunger.

Na ja, wollte ja von Margarine und Brot leben – wenn ich die wenigstens hätte, dann wär es halb so schlimm!

Ok, ich raffe mich auf und schleppe mich mit letzter Kraft in die Küche, der Magen hängt schon irgendwie unten raus – zumindest vom Gefühl her.

Ich durchstöbere meine Kisten in der Küche.
Toll, jetzt hab ich die Gläser gefunden

Geschirr, Gewürze, verflixt – irgendwo müssen doch die Nudeln sein?

Ein Telefonbuch habe ich nicht, Pizzaexpress fällt also aus. Abgesehen davon hätte ich's anschreiben lassen müssen, da ich mein letztes Bares den netten Umzugsleuten für eine Brotzeit in die Hände gedrückt hatte (wie nobel von mir). Die haben wenigstens jetzt was zu essen…

Oh, Gott sei Dank, ich finde eine Dose Ravioli.

Ich liebe Ravioli, besonders die von Maggi.

Für mich gibt es nur diese, das sind die einzig wahren Ravioli, superlecker mit Tomatensoße. Auch kalt mag ich sie sehr gern, besonders in meinem halb verhungertem Zustand ist das so was von egal!

Verflixt!!!

Dosenöffner!!!???

Das kann doch nicht sein, ich kann doch hier nicht vor einer kalten ungeöffneten Dose Ravioli verhungern!
Nicht in Deutschland, das gibt's woanders, aber nicht hier!!!
Und schon gar nicht im Umland von München!

So ein Obermist!!!
Wie komm ich jetzt nur an die Dinger ran?
Ich muss die Dose irgendwie aufbrechen!

Aber wie?

Jetzt rauch ich erst mal eine und dabei werde ich mir eine Strategie überlegen. Nur ruhig Blut!

Aufbrechen mit Hammer und Meißel! Jawohl!

Nix Hammer und nix Meißel…

Jetzt ist es schon halb zehn, ich habe nicht nur Hunger, sondern langsam bin ich auch grätzig und müde.

Ich hole mir in meiner Verzweiflung einen Stein aus der Vorgartenanlage (hoffentlich sieht mich keiner der Nachbarn, die müssen mich für einen Barbaren halten).

Dann geht's los, mit Stein und Gabel ran an die Dose.

Es klappt!!!

Ein paar Schläge und das Ding ist zwar etwas verbeult, aber es tut sich ein Loch auf, das sich mit Hebelwirkung der Gabel gekonnt noch vergrößern lässt.

Tja, handwerklich bin ich wirklich eine Wucht!!!

So, jetzt ist alles ok. Lecker!!!

Ich stopfe die Dinger in mich rein, leere noch den Rest der Flasche und schlummere anschließend (etwas bekleckert) auf der Couch ein.

## Der Teil dazwischen oder: so geht's weiter

1 Allein – endlich allein ................................................. 42

2 Mein Hobby stinkt ..................................................... 49

3 Ikea ........................................................................ 52

4 Wie ich zu meinem Autoradio kam ......................... 67

5 Wellness geht mir auf die Nerven ........................... 84

6 Ein Kumpel gegen die Einsamkeit ........................... 94

7 Frauen sind doof! ..................................................... 103

8 Geburtstag ............................................................... 105

9 Sonntag-Nachmittags-Gedanken ........................... 116

10 Von doof gibt es noch eine Steigerung .............. 120

11 Das Leben ist schön! ............................................. 124

# 1 Allein – endlich allein

Glücklicherweise bin ich handwerklich recht geschickt, das kann man wohl sagen.
Und das brauch ich jetzt auch.

Dieses Gefummel mit den Schrauben und den dussligen Anleitungen dazu!
Ich liebe es, aus einem Karton etwas zu basteln, was dann mein Heim ein bisserl schmucker macht!

Hat was, kann einfach so vor mich hin werkeln, ein Freund hat mir einen Akkuschrauber geliehen, ist ein feines Gerät, wirklich!!!
Außer man vergisst, das Ding über Nacht an die Steckdose zu hängen, denn so ein Akkuschrauber hat nun mal einen Akku und der will aufgeladen sein.
(GRRRRRR – hatte ich vergessen)

Und so muss ich halt doch mit meinem etwas dürftigen Gerät rumhantieren.

Inzwischen lädt natürlich der Schrauber.
Das passiert mir kein zweites Mal!!!
Und ich hoffe, dass er wenigstens bis morgen endlich von rot auf grün umgeschaltet hat!

Aber das macht im Grunde auch nix, denn es ist keiner da, der mich antreibt, das ist das schönste.

Und wenn ich dann keine Lust mehr habe, macht es auch nix, ich kann einfach aufhören und morgen weiter basteln – mit Akkuschrauber versteht sich.

Ich bin hier unwiderruflich und wahrhaftig der einzige, der über irgendwelche herumliegenden Gegenstände fallen könnte...

Ach, wenn ich da so zurückdenke...

Da war doch die Montage des Wasserhahns in der Küche.

Das war so was von schlimm...

Ständige Beobachtung...

Und ständiges Nachfragen...

Das ist jetzt vorbei!

Soooooooo, und noch diese dumme Schraube hier, und das kleine Kommodenschränkchen für die Küche ist fertig...

Hmmmmmmmm, schaut richtig gut aus...

Jetzt noch die Schublade einsetzen...

und – huch!

Was ist das denn???

Die Schublade verschwindet und die Tür drunter
steht weiter raus.
Sieht irgendwie komisch aus…
Das ist wirklich seltsam geplant.
Ich sollte vielleicht doch mal einen Blick in die
Bauanleitung werfen.

Oha,
Mist…

Ich hab das ganze Schränkchen seitenverkehrt
zusammengebaut.

Wieso sind die Löcher denn auf beiden Seiten?
Warum lassen die so was überhaupt zu?
Was soll das denn???
Und – wer denkt sich denn so was aus???
So ein Blödsinn!!!

Na ja, wenn ich die Schublade nicht ganz reinschiebe,
dann schließt sie ja genau mit dem Türchen unten ab.

Und außerdem: ich hab jetzt ehrlich gesagt auch keine Lust mehr.

Sieht ja keiner!
Nur ich!
Und ich weiß genau, auf was ich achten muss!!!

Lassen wir es einfach so.
Ein nettes Schränkchen, jetzt kann ich auch endlich meine Sachen aus dem Karton in der Küche einräumen.

Draußen wird es schon dunkel.

Ich sollte noch zum Einkaufen fahren!
Denn heute ist ja immerhin schon mein dritter Tag hier und den muss ich feiern!!!
Ein besonderes Essen muss her!

Aber jetzt noch Autofahren, nein, dass muss nicht sein, schließlich hab ich ja eine supertolle Wohnung mit genialer Lage und da ist alles vor Ort!!!

Unten in der Passage ist ein kleines Fischgeschäft und wenn ich etwas liebe, dann ist es Fisch.
Fisch in allen möglichen Variationen.

Das gab es bisher immer nur im Lokal, höchstens mal Lachssteak, weil der hat ja keine Gräten und so richtig nach Fisch schmeckt der auch nicht!

Also – nichts wie los, bevor der Laden zumacht.


Hab eine Dorade gekriegt, die sah so schön aus…

Der nette Herr vom Fischgeschäft hat gesagt, er hätte sie heute morgen frisch reingekriegt…

Sie sieht umwerfend aus!

Nun, sie hatte ja auch einen umwerfend stolzen Preis…


Aber was soll's, sparen kann ich später immer noch.

Sparen - ja, aber nicht heute!!!

Nicht am dritten Tag!!!

Denn aller guten Dinge sind nun mal drei, und deshalb gibt's jetzt auch noch einen leckeren Wein dazu.


Ein Blick in meinen sehr übersichtlich gefüllten Kühlschrank (drei Scheiben Brot, Lätta, Marmeladenglas mit Orangenmarmelade und eine Flasche Weißwein) und ich hab den Wein!


Hurra!

Jetzt wollen wir ihn mal öffnen – denn was gibt es schöneres als ein Mahl zuzubereiten und dazu ein Gläschen zu probieren.

Na, ehrlich gesagt, den Fisch hätte der Händler für den Wucherpreis schon entschuppen können.

Wusste gar nicht, dass die Dinger so viele Schuppen haben.

Es dauert eine gefühlte halbe Ewigkeit, aber komischerweise habe ich gar keinen so starken Hunger wie sonst.

So, fertig!

Jetzt in die Auflaufform – ein bisschen würzen und natürlich Olivenöl, dann noch einen – na, sagen wir zwei – Schuss Wein drüber und ab in den Ofen damit!

Und nun warten.

Mal sehen, was es so im Fernsehen gibt.

Schnapp mir meinen Wein sowie ein Glas und setz mich aufs Sofa vor meinen Karton (ja, der ist immer noch da – und der Wohnzimmertisch steht im Atelier, da ich ja jeden Abend die Couch in mein Bett verwandeln muss und keine Lust habe, den Tisch ständig hin und her zu schieben. Außerdem genieße ich förmlich diese Einfachheit!).

Aber was heißt hier einfach – einfach genial geradezu.

Hab noch eine schöne Serviette und eine Kerze auf den „Tisch" gestellt, schaut richtig gemütlich und schnuckelig aus!!!

Toll, das Fernsehprogramm heute – genial – typisch für Dienstag eben, da kommt nie was!

Na, warten wir mal ab, vielleicht später.
Ich geh erst mal eine rauchen und freue mich auf mein Festmahl.

## 2 Mein Hobby stinkt

Das Schönste ist irgendwie, dass ich es allen – und nicht zuletzt mir selbst – bewiesen habe:

Ich kann auf eigenen Beinen stehen!!!

Jeder hatte meine Idee belächelt und gemeint, naja, mal sehen, wie lange das gut geht und solche Kommentare.

Ich habe aber immer geglaubt, dass ich es kann und schaffen werde und nun ernte ich reichlich meinen Lohn dafür!!!

Extrem wichtig war mir natürlich auch, dass ich endlich wieder künstlerisch tätig bin.

Und das bin ich jetzt, auch wenn ich es manchmal schon etwas sehr bunt treibe, nicht nur mit den Farben, sondern auch mit den Materialien.

Gut, es gibt Bilder, die sind einfach nix.

Und da bin ich dann auch gnadenlos!

Eins hab ich gleich drei mal übermalt und komplett überarbeitet.

Heute zählt ausgerechnet dieses zu meinen Lieblingsbildern und steht im Essbereich an das Fenster gelehnt.

Ich muss wirklich sagen, langsam geht mir auch der Platz ein bisschen aus.

Aber – solange es mir Spaß macht, ist das absolut in Ordnung.

Es gab Zeiten, da bekamen Freunde stets von mir ein selbstgetöpfertes Schälchen.
Heute bekommen sie eben Bilder!

Ich grüble in meinen Atelier so vor mich hin, wieder mal von oben bis unten mit Farbe beschmiert und arbeite sehr angespannt und engagiert an meinem eigenen Stil.

Ich hab für ein paar Tage Urlaub – Faschingszeit!
Und ich sehne mich nach Frühling.
Das drückt sich auch in dem Bild aus, an dem ich gerade arbeite, es ist ein wahrer Exzess in grün.
Grün in allen möglichen Schattierungen.

Ich fühle mich pudelwohl in meiner Haut und es ist wirklich so: seit ich hier wohne, denke ich nicht mal mehr ans Essen – ich komm gar nicht dazu.

Immer wieder gehen mir neue Ideen durch den Kopf, und ich habe soviel Inspiration wie – ich kann nicht sagen wie –  lange schon nicht mehr!

Es ist wirklich ein Traum und ich bereue es keine Sekunde, dass ich mich auf die Hinterbeine gestellt habe.

## 3 IKEA

Heiiiiiiiiiii!

Seit Wochen freu ich mich auf heute.

Ich fahr heut mit Isa zum IKEA!

Endlich mal wieder IKEA!

Ich war vor Ewigkeiten zuletzt beim IKEA!

Da gibt es lauter soooooooooooo tolle Sachen für den kleineren Geldbeutel.

Lauter soooooooooooooo tolle und schöne Dinge, die man, wenn man wieder zuhause angekommen ist, aus irgendeinem Grund gar nicht mehr braucht.

Ist ja auch egal.

Denn:

**IKEA ist nun mal gut für die Seele,** sagt Isa.

Und Recht hat sie, schließlich gönnt sie sich doch diese Art von Wellness-Programm schon seit Jahren regelmäßig mindestens einmal im Monat.

Und das wirkt.

Man sieht es bei ihr.

Und man sieht es in ihrem durchgestylten extravagant eingerichteten Haus.

Aber nun kriege ich auch so eine durchgestylte Wohnung, schließlich mag ich auch eine neue Couch.

Die alte hat mir zwar wunderbare Dienste geleistet, aber Frau braucht eine Wohncouch.

Bei meinem Zweisitzer sitzt man ehrlich gesagt, wenn mal Besuch da ist, immer wie im Theater und kriegt einen steifen Hals beim Ratschen. Das ist gar nicht schön, denn dann macht Ratschen keinen Spaß und alle Leute halten es nur maximal eine halbe Stunde bei mir aus.

Außerdem wäre ein Teppich mit frischen Farben für meine Essecke toll, ich hab es jetzt gemerkt – jetzt im Winter ist es immer von unten kalt an den Füssen.

Kalte Füße sind zwar ein typisches Frauenleiden, sind aber sehr störend, wenn man nix hat, woran man sie dann aufwärmen kann.

Also Couch und Teppich!

Na ja, und außerdem fände ich schon auch ein paar Dekoartikel hübsch, die hier so einiges verschönern könnten, ist ja schon ein bisserl spartanisch eingerichtet, aber ich wollte ja unbedingt „reduce to the max" haben.

Aber wie in einer Bahnhofshalle muss sich das hier auch nicht immer anhören. Zumal ich schon zum Telefonieren (und das kann ja bekanntermaßen dauern) ins Schlafzimmer gehe, weil es da einfach nicht hallt.

Also Couch, Teppich und Dekoartikel!

Vielleicht so eine schöne hohe Vase mit ein paar Zweigen oder so was ähnlichem drin.

Oha!
Telefon!

(wird Isa sein – und diesmal ist sie es auch)

„Hey Du!"

„Hallo, meine Hübsche!"

„Na, wie schaut's aus, wann kommst Du los?"

Wir hatten vereinbart, dass sie mich abholt und wir mit ihrem Auto fahren. Da geht wenigstens ein bisschen mehr rein, denn es ist schließlich so ein typisches Frauenauto mit Heckklappe und praktisch eben, nicht so was wie meins, das ist nur schön.

„Ich weiß noch nicht, ich muss noch was essen und dann noch was nachschauen wegen der Lampe."

Wir hatten ausgemacht, dass wir für ihr Wohnzimmer noch eine Lampe kaufen, eine Stehlampe.

„Und was meinst Du, wann kannst Du in etwa da sein?"

Ich kenn das schon, das kann ja wieder dauern.

Es ist sooooooo gruselig.

„Es ist besser, wenn Du herkommst, dann kannst Du mich nochmal beraten wegen der Lampe."

Auch das noch! Ein kurzer Blick durchs Fenster sagt mir, dass es schon wieder ein bisschen schneit draußen – ganz genial – RISIKO!!!

Mein supertolles Auto mag solch Wetter nicht, und wenn es dann auch noch bei Isa stehenbleiben muss, na dann kann ich gleich mit dem Bus fahren!!!

„Ich weiß nicht so recht, Du weißt ja, das Wetter da draußen und mein Auto vertragen sich nicht unbedingt…"

„Ich hab noch ne tolle neue CD, die kannst Du dann auch noch hören und …OH GOOTTT!!!"

AUFGELEGT!

Grandios!

Super toll!

Phantastisch – was ist los?

Was ist passiert?

Und was mach ich jetzt???

Ich versuche, sie zurückzurufen – es tutet – und tutet – und tutet.

Das nervt!

Mensch!

Geh endlich ans Telefon!

Was ist denn nur los?

Ich hab es gefühlte dreißig mal versucht – nichts!!! – nur Tuten.

So, Schluss, aus!

Es reicht!

Ich geh jetzt eine rauchen!

BASTA!

FINITO!

SENSE!

Na toll, jetzt steh ich hier in der Kälte und qualme – auch vor Wut!!!

Und es ist scheußlich kalt – ich werde noch erfrieren.

AHA – natürlich – immer dann, wenn Du es nicht
brauchst

TELEFON!!!

Warum ist das eigentlich so???
Warum klingelt es immer dann, wenn Du gerade mal
nicht daran denkst, dass es klingeln könnte???

Ich weiß es nicht, aber ich glaube, da sitzt einer da
oben und findet es tierisch lustig und lacht sich ins
Fäustchen.

Also gut, wieder rein!

„Hallo."

„Bin wieder da."

„Ja, merk ich…"
Eine Mischung aus Erleichterung und Ungnade
macht sich in mir breit
„…was war denn?"

„Ach, die Katze hat in der Küche den Topf mit der Gemüsesuppe umgeschmissen."

Diese Mistviecher!

Ja, und sie hat sieben Stück davon – es ist ein Alptraum!!!

Immer ist irgendwas mit irgend so einem Stubentiger.

„Und jetzt ist wieder alles paletti?"

„Ja. Geht so. Magst Du dann herkommen?"

„Jaaaaaaaaaa",

in Gottes Namen eben, das ist halt dann höhere Gewalt und ich komm!!!

Es wird mich schon nicht von der Straße wehen.

Und den Teppich kann ich mir auch abschminken.

Das Sofa muss ich sowieso anliefern lassen.

Ist ja auch egal, verrecke ich halt irgendwo in einer Schneewehe. Im Sommer, wenn das Zeug weggetaut ist, werden sie mich schon finden und würdevoll bestatten – GRRRRRRRR – und auf meinem Grabstein wird stehen:

Sie hatte ein zu weiches Herz!!!

UAAAAAAAAHHHHH!!!

„Bin in ungefähr 20 Minuten da – könnte sein, dass es ein bisschen länger dauert, es hat wieder angefangen zu schneien."

„Ja, das ist prima, denn ich hab da noch eine neue CD…"

„Ja – ich weiß, dass können wir gleich bequatschen, ich bin dann mal unterwegs!"

Jetzt erst mal einen Schluck Tee trinken und dann die Zigarette fertig rauchen.
Bloß keine Hektik.
In aller Ruhe – jetzt kann SIE warten!
Bin doch nicht blöd, jetzt zu springen.
Nein, nein, das hat noch Zeit – Jawohl!

Es ist zwanzig nach vier, als ich endlich bei ihr eintreffe.
Schon genial schnell dafür, dass wir uns für ein Uhr verabredet hatten.

Isa hat ein hübsches gepflegtes älteres Häuschen in einem supertollen großen Garten mit Einfahrt und einer Einzelgarage – wunderschön anzusehen, macht aber so was von Arbeit, kann ich sagen.

Ich kannte das ja lange genug, was so ein Haus mit Garten für Arbeit mit sich bringt – und kaum bist du dann auf der einen Seite fertig, kannst Du auf der anderen Seite schon wieder anfangen.

Mann, das ist was für Leute, die den ganzen Tag nix anderes vor haben.

Und das ist nichts mehr für mich!

Ich hab was vor, wahnsinnig viel, da ist für so was kein Platz mehr – ich mach mich doch nicht mehr zum Sklaven meiner eigenen vier Wände. Nein, diese Zeiten sind ein für allemal vorbei!!!

Ich parke mein Auto also in irgendeiner dieser meterhohen Schneewehen und stapfe zum Haus. Ob ich da nachher wieder unbeschadet raus komme? Na ja, irgendwann wird's dann Frühling und dann taut das scheußliche kalte nasse weiße Zeug auch wieder weg und gibt mein Auto frei.

Bevor ich klingeln kann, reißt Isa auch schon die Tür auf. Ich krieg einen Riesen Schreck, da ich ganz in meinen Gedanken verloren bin, und lande erst mal auf dem Hosenboden.

Sag ich doch:

kalt

nass

klamm

einfach eklig, dieses weiße Zeug!!!

„Mei, Du Arme, komm rein und trink erst mal eine Tasse heißen Tee."

„Ja, dieses dämliche weiße Frust-Zeug macht mich schon ganz narrisch."

Ich stapfe ins Haus, mich immer umsehend, wo diese Tiger heute auf mich lauern.

Die wissen das irgendwie, dass ich komme und die wissen auch genau, dass ich sie fürchte.

Aha, auf der Treppe sehe ich das erste von diesen gestreiften Monstern. Wie kann man die nur auseinander halten?

Alle sieben sind grau-weiß getigert und sehen für mich vollkommen gleich aus.

„Sarah, bitte geh auf die Seite!"

Sarah – bitte – geh auf die Seite! Also wieder mal Hindernislauf oder vielmehr Hindernisrennen!!!

Wer bekommt den gemütlichen Stuhl am Tisch – Katze oder ich???

„Hier, setz Dich da hin. Ach, kannst du bitte Deine Schuhe ausziehen?"

Ah ja, ich soll die Schuhe ausziehen und die Viecher gehen ein und aus durch ihre eigene Türe und – ach egal, es ist eh so furchtbar kalt, kommt auf ein paar halb abgefrorene Füße nicht mehr an.

„Wo willst Du denn die Lampe hin haben?"

„Hab mir gedacht, da ins Eck. Was meinst Du?"

„Ja, die Ecke ist schön für eine Stehlampe, kann ich mir gut vorstellen."

„Ich könnte sie aber auch hier am Ende des Tisches aufstellen, so dass man beim Essen ein schönes Licht hat."

„Ja, gefällt mir auch gut."

„Oder da drüben, beim Sofa?"

„Ja, auch nett."

Ich werde langsam ungeduldig – wo ist der heiße Tee für die durchgefrorene weitgereiste Wandersfrau???

„Aber da drüben, da bei dem Sideboard, ist auch ein schöner Platz."

„Kauf Dir doch am besten drei Lampen oder eine auf Rollen."

„Du nimmst mich nicht ernst!"

„Doch, doch – mir ist nur schrecklich kalt, weil meine Heizung im Auto nicht so recht funktioniert."
Glatte Lüge!
Die Heizung ist das Einzige, was in meinem Auto immer funktioniert, auch im Sommer. Die Karre heizt einfach immer!!!
„Mei, Du Arme, ich mach Dir gleich einen Tee und dann leg ich Dir dazu noch eine CD zur Entspannung ein."
Aha, funktioniert doch, muss nur auf die Mitleidstour gehen.

„Schau mal, das hier ist die neue. Setz Dich einfach mal hier hin und entspann Dich bei der Musik und ich hol Dir was warmes."

Isa verschwindet in der Küche.

Ach wie schön, jetzt nach der langen Autobahnfahrt (sind immerhin genau 22 Minuten von ihr zu mir und umgekehrt) einfach entspannen, gute Musik genießen, die Seele baumeln lassen, auf den heißen Tee warten und...

# TELEFON !!!

Oh nein!

Aus der Traum. Isa greift zum Hörer und lässt mich mit den sieben schaurigen Monstern alleine.

Keine Musik!
Kein Tee!

Nur sieben Katzen und ich und das WARTEN...

Eigentlich habe ich mich schon daran gewöhnt – an das Warten.

Warten ist im Grunde gar nicht so schlecht, vor allem, wenn man weiß, worauf man wartet. Das steigert die Vorfreude und – auch den FRUST, aber nur manchmal, und zwar jetzt – jetzt genau, in diesem Moment.

Ich sitze am Tisch und beobachte die gestreiften, sich anschleichenden und schnurrenden Monster.

Sie kommen immer näher...

und näher...

„War nur mein Vater, ich werde morgen mal zu ihm raus fahren!"

„AARGHHHHH"

Bin glatt mit dem Stuhl umgeplumpst.

„Oh je, hab ich Dich jetzt erschreckt, meine Süße?"

„Ja."
Ich rappel mich langsam wieder hoch, aber nicht ohne nach links und rechts zu blicken.

„So, jetzt mach ich Dir erst mal einen Tee."

„Wie lange fahren wir denn von hier aus zum IKEA?"

„Na ich glaub, schon so ein dreiviertel Stunde."

Töpfe klappern in der Küche, das Wasser rauscht.

„Toll, jetzt ist es fast Fünf – wenn wir draußen sind, ist es bestimmt schon Sechs – na ja, dunkel ist es ja jetzt schon fast!"

„Ja — Du hast Recht, wir sollten IKEA vielleicht verschieben, wenn wir mehr Zeit haben."

Fazit:

Keine durchgestylte Wohnung - ist ja auch egal, kommt billiger!
Kein Teppich!
Weiterhin kalte Füße (kann ja vor dem Fernseher auf meiner Couch eingehüllt in eine Decke mein Margarine-Brot essen)
Und Theater auf der Couch — hat schließlich auch nicht jeder.

Beim IKEA war ich dann drei Wochen später und zwar alleine, vorher hat es nicht mehr geklappt, war nicht schlimm, hab's überlebt.

Einen Teppich hab ich gefunden und ihn sogar ins Auto gebracht, aber auf eine Couch warte ich noch heute.

Seit der IKEA-Geschichte habe ich mich aber immer mindestens zwanzigmal rückversichert bezüglich Einhaltung und Aktualität der Termine.

# 4 Wie ich zu meinem Autoradio kam

Heute kann ich endlich meinen Kleinen wieder aus der Werkstatt abholen.

Hatte ihn da drei Tage lassen müssen, weil wieder mal irgendwas kaputt war (diesmal was mit der Kühlwasseranlage – glaube ich zumindest).

Sie hatten mir für drei Tage einen Leihwagen gegeben und bei dem war ich echt superglücklich, als ich ihn wieder los wurde!

Dieses Ding hat mir wirklich den letzten Nerv geraubt!

Also ehrlich, braucht man einen Tacho direkt vor der Nase, der einem immer erzählt, dass man zu schnell fährt???

Und damit noch nicht genug, das dusslige Ding hat auch noch ne digitale Anzeige – mit Zahlen, die sich natürlich im Stadtverkehr ständig verändern und einen ablenken, weil man da dauernd hinstarren muss!!!

Ich hab drei Kreuze gemacht, ihn endlich wieder los zu werden!!!

Also habe ich noch vollgetankt (will mir ja nichts nachsagen lassen) und stelle ihn wieder auf den Hof meiner Werkstatt.

Von weiten sehe ich schon meinen süßen blauen Flitzer stehen, oh wie sehr sehne ich mich nach puristischer Lederausstattung, harter (oder gar keiner) Federung und keinem elektronischen Schnickschnack!

Gut, also rein und alles so schnell wie möglich abgewickelt.

Die sagen noch was davon, dass sie die Batterie abklemmen mussten, hab's aber nicht so wirklich geschnallt vor lauter Vorfreude!

Steig ein, zieh den Sitz vor (warum sind alle Mechaniker nur solche Riesen???) und nehme genüsslich Platz.

Dann dreh ich den Schlüssel um und das Kätzchen schnurrt wie gewohnt los.

Irgendwann hab ich auf der Rückfahrt natürlich Lust gekriegt, ein bisserl einen Umweg zu rasen und dazu brauch ich nun mal gute und fetzige Musik, also dreh ich am Knopf —— und: NICHTS!!!

Erneuter Versuch: wieder nichts!!! Grummel!!!

Das kann doch nicht wahr sein!!!

Ach ja, verflixt, die hatten die Batterie abgeklemmt
und das dumme Radio ist codiert.
Nur den Code???
KEINE AHNUNG!!!

Na, dann doch auf kürzestem Weg nach Hause,
schließlich ist es Freitag-Nachmittag und inzwischen
schon halb fünf und einkaufen sollte ich auch noch.

Aber das ist hier so furchtbar still, kein Gekrächze aus
dem Radio oder gar von der Kassette.
Das nervt!!!
Diese verdammte Ruhe, da kann ich nicht fahren!!!
Das ist grausam!!!
Diese Folter halt ich nicht lange aus – GRRRRRR !

Auf meinem Heimweg komm ich beim örtlichen
VW-Händler vorbei.

Mein blauer Flitzer hat natürlich ein blaues Radio,
und zwar eins von VW.

Jaaaaaaaaaa, ich weiß schon, das ist ein absoluter Stilbruch!!! Ein englischer Hardcore-Sportwagen mit einem deutschen VW-Radio.

Im Grunde hat mich diese Tatsache schon immer genervt, aber das war nun mal drin. Und so wurde es eben mitgekauft.

Na egal, ich fahr da jetzt mal rein, vielleicht können die da was machen.

Fahr also auf den Hof und stell meinen Kleinen direkt vor dem Eingang ab.

Dann betrete ich den Showroom.

Drei Verkäufer stürzen sich sofort auf mich.

Einen besonders süßen hab ich mir dann rausgesucht, der sollte herhalten.

„Kann ich Ihnen behilflich sein?"

„Tja, ich habe da ein Problem mit meinem Radio…."

Kurzer Blick in Richtung erstklassiger Rennsemmel vor der Tür:

„Sind Sie denn hier richtig bei uns?"

„Ja, ich denke schon. Ich weiß, das da, was vor der Türe steht, sieht nicht unbedingt nach einem VW aus."

„Nein."
Er schmunzelt – hat ein nettes Lachen, der Typ!

„Mein Kleiner hat aber trotzdem ein Radio von Euch!"

„Ehrlich?"

„Ja, kommen Sie doch mal mit."

Wild entschlossen packe ich mir einfach den netten Verkäufer und zeige ihm mein Schätzchen und das damit verbundene Problem.

Ich deute ihm, Platz zu nehmen. Er genießt es sichtlich.
Na ja, so ist das halt, wenn man den ganzen Tag nur VW verkaufen muss…

Er prüft das Radio und sagt, dass es keinen Sinn macht. Den Code könnte man schon entschlüsseln lassen, aber das Teil ist wohl auch schon nicht mehr so der neueste Stand der Technik, wegen Kassette und so. Heute hat man doch CD und der Sound ist dann auch viel besser usw.

Schlichtweg bequatscht hat er mich, aber ich muss ihm Recht geben, diese Punkte haben mich auch grad in letzter Zeit genervt, da ich immer mehr Probleme hatte, an Kassetten ranzukommen und so immer die alten gehört habe, was zu manchem Kassetten-Band-Salat geführt hat und ich auch teilweise schon Bänder wegschmeißen musste.

Ok, ich hab dann zugestimmt, mir mal so neue Radios anzugucken.

Einen Cappuccino hat er mir auch angeboten. Da ich nun im Grunde nichts weiter vor hatte, ging ich eben mal mit und er bekam seine Chance.

Drinnen hab ich mir dann auch gleich – recht gelangweilt – die VW´s angesehen und auf den Cappu sowie auf Musterradios gewartet.

Ahhhhh, das nette Mädel vom Empfang bringt mir meinen Cappu.

Ok, und dann kommt der Typ natürlich auch zurück.

„Haben Sie kurz Zeit?"

Seeeeeeeeeeeehr höflich, muss ich schon sagen, und der Service gefällt mir auch sehr gut hier.

„Ja, zeigen Sie mir mal Ihre Schätze!"

Oh Mann, die Dinger sind vielleicht teuer!!!
Meine Herrn!!!
Alles was recht ist, aber so was will und kann ich mir nicht leisten!

Ich probiere es anders als sonst, diesmal also nicht über den Preis:

„Ja, die finde ich ja ganz schön, aber Sie sehen meinen Kleinen da draußen und der ist blau!" Ich deute nach hinten.
„Und da ist auch ein blaues Radio drin.
Wissen Sie, blau ist nun mal meine Lieblingsfarbe…"
(der muss mich für ein ausgesprochen blondes Exemplar der Gattung Blondinen halten)
„…und deshalb möchte ich auch gerne wieder eins in blau haben."

So, denke ich, jetzt ist er am Ende!
Gleich wird er passen müssen und seine Karten offen auf den Tisch legen.

Es gibt leider kein blaues Radio.
Vielleicht probieren Sie es woanders einmal.
Ich gebe Ihnen noch ein paar Prospekte mit.

Er scheint jetzt ernsthaft zu überlegen, wie er es mir
wohl sagt, dann dreht er sich um und ruft in Richtung
Werkstatt:

„Schorsch, da war doch noch das bestelle Radio vom
Kunden Schwaighammer, das er nicht mehr abgeholt
hat. Ist das noch da?"

Ich staune.

„Jo, des is no do, soi i's moi bringa?"
dröhnt es von hinten

Das gibt's ja gar nicht!
Das kann doch gar nicht sein!
Das kann ja auch nur mir passieren!

Er trabt mit dem Ding an.

„Sehen Sie mal her, dies hier hat ein blaues Display.
Ist zwar nicht das allerneueste Modell, aber ich
könnte Ihnen dafür einen besonders guten Preis
machen."

Ich gucke mir das Wunderwerk an.

„Meinen Sie, dass Sie mir das einbauen können? Und zwar heute noch, ich wollte nämlich wegfahren."

So, das ist zwar gelogen, aber ich will irgendwie nur weg hier – das ist alles so gruselig, das ist einfach zu viel. Ich kann doch nicht sofort ein Radio haben, da muss doch irgendwo der Haken sein, das gibt es doch gar nicht, oder?

Das Ding sieht aber unverschämt gut aus und der Preis, den er mir nennt, ist auch in Ordnung.

„Schorsch, meinst Du, Du könntest es der Kundin jetzt noch einbauen?"

„Jo, i moan scho. Kriang ma heit scho no hi. Sie muas hoid no a bisserl wartn."

So, und jetzt bin ich endgültig am Ende. Fertig mit den Nerven.

„Ok, machen Sie es mir komplett fertig und ich warte halt so lange."

Für den Einbau will ich nix mehr extra zahlen. Und die wollen das Ding loswerden, also akzeptieren sie es.

„Sie können gerne solange in unserer Lounge warten, die Damen machen Ihnen auch gerne noch einen Cappuccino."

Ich willige also ein. Hätte ja auch besonders blöd sein müssen, wenn nicht, und lasse mir noch einen Cappu machen.

Der freundliche Mechaniker verschwindet inzwischen mit meinem blauen Flitzer mit den Worten „Hei, mit so was woit i scho immer moi fahrn."

Soll er seinen Spaß haben, denke ich und lache mir ins Fäustchen. Die finden die Batterie nie im Leben.

Gleich kommt er und fragt.

Hihi, freu mich schon drauf.

Denn das mit der Batterie muss man wirklich wissen, mein Kleiner hat ja Mittelmotor, also ist der größte Teil des Motors hinter dem Sitz und der andere Teil halt irgendwo verbaut.

Um an die Batterie zu kommen, muss man den Kofferraum – pardon – das hintere Handschuhfach öffnen, und da ist dann ein Hebel, mit dem man die (vermeintliche) Motorhaube aufkriegt – und da ist die Batterie dann drin. Sehr sinnig, das Ganze!

Aber – nichts – weit gefehlt!

Inzwischen hab ich Cappu Nummer drei und die Hoffnung aufgegeben.

Und so beschäftige ich mich mit den Autos in der Ausstellung, bevor ich noch einen Cappu-Rausch krieg.

Ich sehe mir also die VW´s an, einen nach dem anderen, und merke doch, welches Glück ich habe, ein stylisches und ausgefallenes Auto zu besitzen.

Ich bemerke jedoch nicht, dass sich schon wieder so ein Verkäufer von hinten an mich ran pirscht.

Schrecklich, diese öden Freitag-Nachmittage im Autohaus, alle haben so viel Zeit und nix zu tun und stürzen sich auf den einzigen vermeintlichen Interessenten, der gerade mal des Weges kommt!

Dann sehe ich plötzlich ein etwas anderes Modell – es ist neu im Sortiment – ein Scirocco. Den gab es doch schon mal vor x Jahren, als ich meinen Führerschein noch nicht hatte, erinnere ich mich.

Ich mache die Tür auf und setz mich rein. Ist ja ganz nett, aber mein kleines Schätzchen ist mir lieber.

Das Ding ist zu allem Überfluss auch noch weiß, das geht ja gar nicht!

Wieso kreieren die immer so komische Modefarben, die keiner braucht?

Oder ist das etwa so, dass sie diese Farben einfach im Überfluss haben und sie jetzt weg müssen?

Egal – ich fummle also gelangweilt an sämtlichen Hebeln rum.

Dann reißt einer plötzlich die Beifahrertür auf, ich krieg nen irren Schreck und wär am liebsten irgendwo unter dem Sitz verschwunden.

„Das ist unser neuer Scirocco, der ist wirklich was ganz besonderes."

„Oh ja, das kann mal wohl sagen!"

„Nicht wahr? Haben Sie schon die neuen tollen Features gesehen?"

Welche Features – wo waren da welche? Alles ganz normal, wie in jedem anderen VW auch, denke ich mir.

Außerdem habe ich wirklich keine Lust auf ein weiteres Verkaufsgespräch, mein Bedarf ist für heute gedeckt!
Mir reicht's!
Ich will nach Hause und zwar sofort!
Hoffentlich haben die das bald erledigt mit dem dussligen Radio!

„Ich wollte mir nur mal dieses Modell anschauen, solange ich auf meinen Wagen warte. Dankeschön für Ihre Aufmerksamkeit, ich melde mich, wenn ich was brauche."
So, das war's, er hat es begriffen und schmeißt die Tür wieder zu.
Ahhhhh – diese Ruhe hier drin!
Hat was!
Wenn er das mit Features meint, dann hat er Recht!
RUHE!
Ruhe und Entspannung – Wellness im Auto sozusagen!

Von drinnen beobachte ich, wie ein neuer Kunde den Verkaufsraum betritt.

Ich lach mir ins Fäustchen.

Jetzt werden sie sich gleich auf den Armen stürzen.

Aha, es geht los. Ich steige vorsichtshalber mal aus, damit ich diesem spannenden Geschehen meine vollste Aufmerksamkeit widmen kann.

„Guten Tag, interessieren Sie sich für ein bestimmtes Modell?"

SPANNUNG PUR!!!

„Nun ja, nicht direkt."

Was für eine Antwort. Na ja, der Typ schaut ja auch wirklich so aus, als könnte er nicht mal bis zwei zählen. Und ungewaschen und ungekämmt und fern der Heimat und so.

„Ich hab da von der Abwrackprämie gehört und wollte mal fragen wegen einem Golf oder Passat."

Interessant, hat sich wohl schon bis hinter Kleingiesigstan rumgesprochen.
Ja, die Abwrackprämie, die neueste Methode, um uns wieder ein bisschen Geld aus den Taschen zu locken.

Nur, was ist denn bei dem da zu holen?

Egal – es geht weiter:

„Da hätten wir ein paar tolle Angebote für Sie. Wenn Sie vielleicht mal hier vorne Platz nehmen möchten?"

Er führt den Typ an den kleinen netten Tisch, an dem ich vorhin schon gesessen war.

Der Typ pflanzt sich und lässt sich einen Cappuccino machen. Hat wohl schon Erfahrung mit diesem Gesprächsverlauf hier.

„Wie sind denn Ihre Angebote? Ich war letzte Woche schon einmal hier, da konnte mir keiner so recht Auskunft geben. Ich hoffe, Sie sind kompetenter! "

Suuuuuuupeeeeeeerspannend, na der traut sich was, nörgelt gleich rum.

Ich gehe hinter zum Ständer mit den Prospekten, dann kann ich besser belauschen, was jetzt kommt.

Zur Tarnung zieh ich mir mal den Prospektstapel mit den tollen featurereichen Sciroccos raus.

„Frau Wimmer, Ihr Fahrzeug ist fertig!"

PLUMPS. Superpeinlich, die Prospekte sind mir runtergefallen.

Ich sag's ja immer, meine Nerven!

Brauche dringend Erholung und Entspannung und ein ruhiges Wochenende!

Und AUSSCHLAFEN!!!

Mist, ausgerechnet jetzt!

Immer, wenn's spannend wird!

Obermist!!!

Oh jeh! Es wird noch peinlicher!

Der Typ und der Verkäufer sind aufgesprungen und sammeln die Prospekte auf.

Zu schade!

Nix ist es mehr mit dem belauschen des spannenden Gesprächs, ich muss mir helfen lassen, das Zeug aufzuräumen.

Immer wenn's spannend wird, dann muss man aufhören, gehen oder eben zahlen!!!

## 5 Wellness geht mir auf die Nerven

Oh wie schön.
Heut ist wieder ein Tag mit Isa, ich freu mich schon!

Wir haben ausgemacht, dass wir uns einen Tag
Wellness in der Wellness-Therme gönnen.
Na, da bin ich mal gespannt drauf.

Na ja, wenn ich schon mit Isa für ein paar Tage an
den Gardasee will, sollten wir doch auch mal
ausprobieren, ob wir es wenigstens einen ganzen Tag
in entspannter Umgebung und Atmosphäre
miteinander aushalten.

Und so haben wir diesen Tag heute zum Wellnesstag
erklärt und ich hab mir hierfür auch extra einen Tag
Urlaub genommen.

Es ist Februar und ekelhaftes Wetter, genau das
richtige für einen Ausflug in den Süden!
Und wenn es nur in den Süden von München ist,
aber da ist ein Strand mit Palmen und Saunen in allen
möglichen Variationen und einem fetten Pool. Da
kann man sogar nach draußen schwimmen.

Male mir gerade so richtig aus, wie wir gemeinsam in der Sonne unter Palmen liegen und die Seele baumeln lassen, als es klingelt.

Juhuuuuuu!
Das ist sie!!!
Ich schnappe mir meine Sachen (ganz schön schwer und so viel, als würde ich drei Tage verreisen) und los geht's!

Endlich sind wir da, hat eine halbe Ewigkeit gedauert und wir haben uns trotz Navi dreimal verfahren.
Na wenn zwei Blondinen allein mit dem Auto unterwegs sind.

Aber jetzt haben wir es geschafft und es geht da rein!

Im Parkhaus haben wir sogar einen Parkplatz beim Eingang gekriegt – einen Frauenparkplatz!!!

Ich weiß nicht, aber ich stelle mich da normalerweise nicht hin!
Fühle mich da immer so als Randgruppe, ausgegrenzt und abgestempelt.
Auch sind diese Parkplätze immer größer als die anderen, als könnten wir nicht einparken.
Frechheit!!!

Das Schlimmste sind allerdings jetzt die neuesten Mutter mit Kind-Parkplätze, die überall ausgewiesen werden.

Ich frag mich nur, was die armen Väter mit Kind machen?

Kommt dafür auch noch ein extra Parkbereich?

So als Alleinerziehende-Partnerbörse oder so ähnlich?

Nun ja.

Die Behindertenparkplätze finde ich ganz ok, aber man kann's wirklich langsam übertreiben, vielleicht kommt noch was für Singles oder Blondinen?

Ach, egal – wir haben jedenfalls sehr passabel geparkt und müssen unsere Sachen nicht so weit schleppen.

Drinnen sieht alles recht vielversprechend aus, da kommt schon richtig Urlaubsfeeling auf.

Hat was!

Wir gehen zur Umkleide und lassen einen Teil der Sachen da.

Anschließend zum Duschen, wie es sich gehört.

Dann steigt die Spannung schon gewaltig und wir watscheln mit unseren Badeschlappen, umhüllt von unseren Bademänteln, munter schnatternd wie zwei Entlein, in Richtung Saunaparadies.

Herrjemineh!!!

Sind hier aber viele Leute!
Und die haben alle heute frei?
Es ist doch ein ganz normaler Mittwoch, oder hab ich da was verpasst?
Was machen die denn alle hier?

Oh Mann, wir watscheln hin und her auf der verzweifelten Suche nach zwei freien Liegen.
Das ist hier wirklich wie im Urlaub, überall Handtücher auf den Liegen, aber keine Leute.

Dann haben wir doch noch eine nette Stelle gefunden, ist nur ein bisschen sehr abseits gelegen für zwei Blondinen auf der Jagd, aber nun ja, besser als nix!

Schnell haben wir unsere Sachen hingelegt, damit nicht irgendeiner auch nur annähernd auf den Gedanken kommt, diese beiden Liegen wären noch zu haben!

Und ab geht's – zum Saunaplan.

Das Angebot hier ist irre, jede halbe Stunde passiert was

- Salzaufguss in der Salzgrotte
- Algenpeeling in der Geisirgrotte
- Klangschalen-Meditation in der Meditationsgrotte
- Fahnenaufguss in der (Hab ich vergessen)-Grotte

und so weiter.

Wir haben richtig Probleme, einen Plan zusammenzustellen, weil wir doch so viel wie möglich machen wollen, aber zwischendurch auch noch unsere Pausenzeiten einhalten müssen, damit es für den Körper nicht zu viel wird.

So, dann haben wir alles zusammen, gut, dass ich einen Stift dabei habe, denn damit kann ich alles auf meinem eigenen Saunawellnessplan zusammen schreiben.

Wir haben uns für drei Sachen entschieden, die wir unbedingt machen müssen, die restliche Zeit schaun wir mal, was kommt.

Erster Gang: Algenpeeling

Wir ergattern zwei Plätze in letzter Sekunde und warten ab – und schwitzen.

Jetzt kommt ein Mädel rein mit einer großen Schale und erklärt uns die Wirksamkeit der Algenpaste (die es natürlich hier auch zu kaufen gibt) und wie wir uns einschmieren sollen.

Heiiiiiiiiii!!

Das sieht lustig aus, wir haben uns alle in grüne Kröten verwandelt und das Zeug stinkt auch noch enorm nach Fisch.

Ist schon genial, wenn man sich damit einschmiert und ein weißes Handtuch dabei hat.

Also meins ist jetzt schon reif für die Wäsche heut Abend.

Aber es ist gut für die Haut, besonders für die reife Haut ab vierzig – wir kichern und ziehen uns gegenseitig auf.

Huch, jetzt hat mich die Frau von gegenüber etwas kritisch angeguckt – ich muss mich sehr beherrschen, scheint eine wahrhaft ernsthafte Angelegenheit zu sein.

Also NICHT LACHEN!!!

Wir haben es überstanden und machen ein Päuschen und dazu gibt's einen probiotischen Biodrink.

Na, Wellness eben von außen und von innen. Wenn es was nutzt, soll's mir recht sein.

So, zweiter Gang: Salzpeeling

Der Ablauf ist im Grunde der gleiche: einschmieren, schwitzen und hinterher abduschen.

Des Zeug beisst!

Das kommt davon, wenn sich Frau noch frisch rasiert – Grrrrrrrr. Das nächste Mal lass ich das eben weg!
Bin richtig froh, als ich das Zeug endlich wieder los werde.

Danach wieder ein probiotischer Biodrink –
es langweilt.
Die haben hier einfach nix normales, selbst die Cola ist Bio!

Früher gab's ja mal die Öko-Bewegung, da war alles Öko, heut ist eben alles Bio!
Naja, die müssen sich halt immer wieder was neues einfallen lassen, mal sehen, was als nächstes kommt – vielleicht Natü – wie Natürlich, oder Pro für probiotisch, oder?
Wurscht!
Egal, ich hab Durst – runter mit dem Zeug.

Isa schmeckt's, sie erklärt mir in allen Einzelheiten die Wertigkeit der Bio-Produkte und ich lerne viele neue Vokabeln. Sie selbst isst ja seit Jahren nur noch Bio und sieht im Grunde auch nicht jünger oder agiler aus als ich.

Nun denn, der Glaube zählt eben.

Und so würg ich das Zeug eben wieder runter.

Auf zum dritten Gang: Schwimmen im Pool

Das hat jetzt mal richtig Spaß gemacht!

Wir sind rausgeschwommen und der Pool dampft richtig, draußen liegt Schnee und es ist frostig, wir kriegen nix mit, weil das Wasser so angenehm warm ist.

Nur die Haare frieren einem fest.

Nach dem Planschen geht's wieder nach drinnen, die haben da eine Bar mitten im Pool und da gibt es – na???

Bio-Drinks!!!

Aber ich muss zugeben – gar nicht schlecht, eine Ähnlichkeit zum echten Pina-Colada ist da!

Und da sind auch nette Typen, die uns schon die ganze Zeit angeglotzt haben und wir kommen auch gleich ins Gespräch.

Wir nehmen zwei Drinks, den ersten bezahlt, den zweiten spendiert und ziehen dann sicherheitshalber wieder ab.

Nun mal ehrlich, so toll waren die auch nicht – so richtige Machos – und so primitiv!

Gruselig!

Egal, vierter Gang: Klangschalen-Meditation

Das ist unser letzter geplanter Saunagang.

Und der ist nun wirklich toll. Sascha wedelt mit dem Handtuch rum und anschließend müssen wir die Augen schließen. Dann legt er los und bringt die Schalen zum Klingen.

Ich bin eingeschlafen – herrlich entspannend.

Isa stupst mich immer wieder an, aber das hilft auch nicht wirklich, es ist einfach zu entspannend und ich bin wie in Trance, als es vorbei ist und brauche noch ein paar Minuten, bis ich wieder bei mir bin.

Das ist für mich der richte Abschluss für den Tag, aber Isa will noch nicht gehen und ich habe auch schon wieder Durst.

Also – probiotischer Biodrink!

Und noch einen, weil irgendwie bin ich schon ein bisschen dehydriert.

Also diese probiotische Sache geht mir schon gehörig auf die Nerven, aber der Tag war trotzdem wunderschön und entspannend und wir haben beschlossen, das künftig einmal im Monat zu machen.

Komisch nur, bis heute waren wir kein zweites Mal.

Aber ich ruf Isa gleich mal an, vielleicht hat sie Lust.

## 6 Ein Kumpel gegen die Einsamkeit

Mein Lieblingschampagner heißt Tsarine – er ist wunderbar goldgelb und schmeckt so irre gut. Leider kann ich mir den nicht immer leisten – oder Gott sei Dank eben!!!

Denn sonst wäre es wohl nix besonderes mehr.

Es war Abend, ein Abend im März und es fiel mir auf, dass ich bereits ein Jahr hier wohnte.

Und das musste schließlich gefeiert werden!

Also hatte ich mir trotz der üblichen Ebbe in meinem Geldbeutel ein Fläschchen dieses edlen Stoffes gegönnt und sinnierte über den Sinn des Lebens nach – eine typisch weibliche Sache, von der Männer nicht die geringste Ahnung haben.

Irgendwann, ich glaube es war bestimmt schon halb drei in der Nacht, war mir plötzlich alles klar.

Hatte nicht einmal ein schlauer Mensch gesagt:
**Es ist nicht gut, wenn der Mensch alleine sei.**
Jawohl!!!

Das Problem mit der Einsamkeit und Zweisamkeit besteht darin, dass immer, wenn Du jemanden um Dich haben willst, keiner Zeit hat, und wenn Du grad mal mit Deiner Situation glücklich bist und alles prima ist, so wie es eben ist, klingelt das Telefon und es gibt ein Problem.

Dann geht der ganze Schmarrn wieder von vorne los, dann machst Du Dir wieder Gedanken, Sorgen und all den Kram, das kommt davon!

Wir Frauen sind nun mal einfach anhänglich und wir gewöhnen uns schnell an etwas, und dann ist es nicht da, wenn Du es brauchst – nein, das geht gar nicht!!!

Aber…

Es muss doch jemanden geben, der geradezu dazu verdammt ist, einfach da zu sein, wenn Du ihn willst und ansonsten Ruhe gibt.

Irgendjemand oder irgendwas.

Das kann doch nicht so schwer sein!!!

Auf keinen Fall einen Mann!!!

Die machen nur Ärger, Dreck und sind auch sonst zu nichts nütze.

Selbst beim Putzen gehen sie nur im Weg um, auch wenn sie beim Saugen tatsächlich die Füße vom Teppich nehmen sollten.

Neeeee, keinen Mann, nur nie wieder einen von dieser Spezies!!!

Na ja - wenn kein Mann, dann halt ne Frau!

Aber die beste Freundin hilft Dir auch nur begrenzt über den nötigsten Schmerz hinweg.

Denn das ist so:

Du kannst Dich noch so sehr freuen, sie ist glücklicher.

Du kannst noch so starken Kummer haben, sie hat stärkeren.

Du kannst noch so sehr weinen, sie weint dramatischer.

Du kannst noch so sehr an Dir zweifeln, sie zweifelt mehr.

Es kommt dann auch noch dazu, dass sie an Dir zweifelt.

Nein, denn das ist auch nicht immer zu ertragen.

Ach herrje!

Am besten wäre etwas, was irgendwie eingesperrt im Käfig hockt und nur auf Dich wartet, dass Du endlich nach Hause kommst – und wenn Du heute nicht nach Hause kommst, ist es auch nicht schlimm.

Also Katze und Hund fallen da schon mal komplett aus.

Eine Katze ruiniert Dir in Abwesenheit deine Wohnung, von dem Heulen eines Hundes ganz abgesehen, der ruiniert Dir auch noch dazu deine Nachbarschaft und Du wirst wegen Vernachlässigung und Tierquälerei unter Anklage gestellt.

Ach verdammt!

Aber es geht doch hunderten anderen ebenso!

Was machen die denn in dieser Situation? Sitzen die von morgens bis abends vor dem Fernseher und reden mit ihren Zimmerpflanzen?

Eingesperrt im Käfig – ich hab's!
Einen Vogel!!!

Na ja, der fängt ja schon in der Früh mit dem ersten Sonnenstrahl das Zwitschern an, und wenn Du am Vorabend auch gezwitschert hast, dann Gute Nacht schöne Gegend und Gnade Dir Gott!

Es nervt!!!

Der Champagner ist auch weg, hab noch einen Schluck Wein von letzter Woche.

Egal, ein Schlückchen und noch ein kleines unschuldiges Zigarettchen am Balkon können schon nicht schaden.

G R U S E L I G!!!

Als Kind hatte ich mal von meiner Mama einen Hamster gekriegt, war ein possierliches Tierchen, nachtaktiv und Tagschläfer – eigentlich das ideale Tier für Menschen, die tagsüber im Büro sind, so wie ich.

Aber – ist das nicht reichlich pubertär?

Aber warum eigentlich nicht?

Und normal kann schließlich jeder.

Mein Plan war gefasst und am nächsten Tag wollte ich in die Zoohandlung.

Der Tag im Büro war die Hölle. Selbst meine liebe Kollegin Toni konnte mich in keinster Weise ablenken, denn ich war so aufgeregt und konnte an nichts anderes denken, als abends zur Zoohandlung zu fahren.

Dann war es endlich soweit und ich bin losgerauscht.

Und da saßen sie.

Einer süßer als der andere, einer war schwarz mit einer rosa Nase, einer gefleckt und ein anderer war furchtbar aktiv und hat allen auf der Nase rumgetanzt.

Das war genau der richtige für mich!

Und da unter der Wurzel waren noch drei versteckt.

Ich hab mindestens eine halbe Stunde vor dem Käfig gestanden und war hin und hergerissen.
Der Verkäufer wohl auch, denn der ist immer wieder hergekommen, aber vielleicht hatte er auch nur

Angst, dass sie heute nicht wie gewohnt schließen können und er endlich nach Hause kann.

Er hat mich schon richtig erleichtert angeguckt, als ich ihm endlich ein Zeichen gab, dass ich mich entschieden hatte.

Jetzt kam es nur noch drauf an, dass dieser Aktive da weiblich ist, denn er sollte schließlich genauso wie mein Lieblingschampagner heißen.

Und Tsarine (die Zarin) ist nun mal kein Männchen und ein Männchen wollte ich aus den vorgenannten Gründen sowieso nicht mehr!

Die Farbe war auch passend, champagnerfarben mit einigen unbeschreiblichen weißen Flecken, schwarzem Näschen und schwarzen Knopfaugen.

Na ja, dann hat er ihn rausgeholt und nachgeguckt. Er war sich nicht sicher, ließ mir aber die Hoffnung, dass es ein Weibchen ist.

Hab natürlich auch einen standesgemäßen Käfig mit etlichem Zubehör erworben.

Die Sachen gingen gerade mal so in mein Cabrio.

Gut, dass es keinen Beifahrer gibt, dachte ich mir, der hätte sonst laufen müssen, denn eine Zarin geht nun mal nicht zu Fuß!

Zuhause angekommen ging es dann ans Käfig einrichten und ausstatten.

Im Transportkistchen rappelte es ständig.

Ich hatte schon Angst, dass mir das Kistchen mit samt Hamster vom Küchentisch kippt, so sehr hat er rumgewerkelt.

Irgendwann war der Käfig fertig eingerichtet und Tsarine konnte einziehen.

Zuerst wollte sie nicht so recht da rein, schließlich und endlich hab ich aber dann einfach die komplette Box reingestellt und gewartet.

Und gewartet...

Und mir einen Stuhl geholt – und gewartet...

Und was zu trinken geholt – und gewartet...

Sie hat sich nicht gerührt – oh je!
Gefällt es ihr hier nicht?
Hab ich was falsch gemacht?
Zu viel der neuen Eindrücke und Gerüche?
Oder nur der Trennungsschmerz von den anderen?

Ich entschloss mich, sie einfach in Ruhe zu lassen und hab mich vor den Fernseher geknallt.

Vielleicht war ja auch nur einfach die Aufregung zu viel für sie und sie pennt. Recht hat sie, das mach ich jetzt auch!

Ich war todmüde und bin ins Bett gefallen, hatte mich ja schließlich am Vortag mit Erfolg geweigert, nach drei Uhr noch auf die Uhr zu sehen.

## 7 Frauen sind doof!

Mitten in der Nacht hat es gescheppert und gerumst.

Mist, das auch noch, die Einbrecher kommen!

Aber was gibt es bei mir schon zu holen?
Mein einziger Reichtum steht (hoffentlich) sicher verwahrt und behütet in der Tiefgarage. Und der ist unter uns gesagt auch keinen Pfifferling mehr wert.

Aber das wissen die Einbrecher natürlich nicht.

Dann hat es gequietscht und gerappelt, ich bin weiter unter die Decke gekrochen und hab gelauscht.

Es wollte ums Verrecken nicht aufhören!

Na, dann bin ich eben vorsichtig rausgeschlichen, in die Küche gehuscht und hab mir ein großes Messer geholt, damit ich mich zur Wehr setzen kann.

Von der Eingangstüre kommt es nicht.

Es kommt aus Richtung Wohnzimmer.

Allen Mut hab ich zusammengenommen, so einen Lärm mitten in der Nacht hab ich noch nicht erlebt, die Einbrecher versuchen es anscheinend über die Balkontüre.

Mein Handy hab ich auch noch mitgenommen und gleich mal auf die Notruftaste gedrückt, für alle Fälle, Frau ist schließlich vorbereitet und clever!

Jetzt nur keinen Fehler machen und dann ganz schnell auf den Lichtschalter drücken und das Messer festhalten!

Ach du meine Güte, der Hamster guckt mich ganz vorwurfsvoll an und denkt, er ist wohl bei einer Irren gelandet.

Herrijeeeeeh, den hatte ich ganz vergessen, mein Gott. Der arme Kleine, sitzt in seinem Hamsterrad und guckt, als würde die Welt untergehen und zehntausend Barbaren das Wohnzimmer stürmen.

Ehrlich gesagt – ich hab mich total geschämt.

Gut, dass es ein Freitag war, so viel Aufregung vertrage ich einfach nicht mehr in meinem Alter!

## 8 Geburtstag

Alle Jahre wieder – so auch dieses Jahr – naht unausweichlich der Tag, an dem Dich alle sonst so lieben netten Leute daran erinnern, dass Du älter wirst.

Dabei weiß ich das selbst, das muss mir keiner sagen, ich will auch nicht 20 mal am Tag oder noch öfter daran erinnert werden!

Dieser Tag ist mir seit Jahren heilig, denn es ist MEIN TAG!!!
Am liebsten verbringe ich ihn komplett im Bett!

Aber…

Es kommt ja grundsätzlich anders als man plant oder sich etwas vorstellt.

Der Tag kam also.

Es gibt da eine Regel:
Derjenige, der es vor 10 Uhr wagen sollte, mich auf mein Alter anzusprechen, wird erschossen!

Ein weiterer Brauch besagt, dass ich um 23:55 Uhr des Vortages eine Champagner-Flasche aufmache und um 0 Uhr dann auf mein Wohl trinke, dass heißt, ich feiere in diesen Tag hinein – deshalb muss ich danach dann auch AUSSCHLAFEN – klar soweit?

Dieses Jahr sitze ich zum ersten Mal allein mit Tsarine, meinem Hamster und mit Tsarine, dem Champagner da und warte auf den Moment des Öffnens.

Das Handy liegt neben einer Kerze am Tisch und ich habe richtig schön feierlich für mich gedeckt.

Auch schenke ich mir jedes Jahr was, also hatte ich das Geschenk (hübsch eingepackt von der Verkäuferin, die konnte ja nicht ahnen, dass das für mich selber ist) ebenfalls auf den Tisch gelegt

Und warte auf den bevorstehenden Genuss.

Letztes Mal, als ich darauf wartete, war ich noch in meinem rosaroten Haus und in meiner rosaroten Welt.
Jetzt bin ich in meiner bunten Wohnung und meiner bunten Welt.
Bunt trifft es schon ziemlich genau, wenn ich mich hier umsehe. Ich sitze hier immer noch in einem ziemlich zusammengewürfelten Wohnzimmer (aus jedem Dorf ein Hund sozusagen) und bin in diesem Moment ziemlich allein.

Das tolle an diesem Mal ist, dass ich für den nächsten Tag nicht mal Urlaub nehmen musste, da heute noch Samstag ist und ich in diesem Jahr ein Sonntagskind bin.

Ich beobachte die Zeiger der Uhr, die sich immer langsamer vorwärts bewegen.
Noch Zeit für ein Zigarettchen, überleg ich mir und geh auf den Balkon.

Von unten hör ich immer noch das Straßenfest, das von Freitag bis Sonntag angesetzt ist und das mich daran hindert, aus der Tiefgarage rauszukommen.
Komisch, wer so was genehmigt. Ohne Ankündigung haben die einfach einen Laufsteg für das Modegeschäft nebenan in die Einfahrt gebaut.
Wird schon nix passieren und die Leute können ruhig mal ein ganz gemütliches Wochenende zuhause verbringen, autofreies Wochenende sozusagen.

Aber jetzt wird es langsam Zeit, es ist fünf vor zwölf und ich gehe wieder rein zu meinem Geschenk und Tsarine und Tsarine.

Sieht hübsch aus, mein Gabentisch!

Lege noch eine schöne Scheibe auf, setze mich wieder hin und fange an, am Verschluss des Champagners zu fieseln und – hab ihn abgerupft. (inzwischen ist es eine Minute vor zwölf, ich sollte mich beeilen!)

Schnell springe ich hoch und hole mir ein Messer aus der Küche.

So, nun ritze ich da rum und beobachte aus den Augenwinkeln die Uhr, die hoffentlich etwas vor geht – tun meine Uhren in der Regel, da ich immer 5 Schreckminuten für mich einplane – und schon höre ich aber die Kirchturmuhr schlagen.

Mist – zu spät!

Krieg den Korken erst zwei Minuten nach zwölf raus und dabei sprudelt das dumme Zeug auch noch über! Grrrrrrrrrr, fängt ja gut an, das neue Jahr!

Jetzt hab ich mich auch noch an der dussligen Verdrahtung geschnitten – Doppel-Grrrrrrrrr.

Ach egal – wischen kann ich später, erst mal rein damit in mein Glas!

Also, dann auf…

SMS!

Aha, die Leute sind vorsichtig geworden.

Das ist lieb, das freut mich, ein Freund von mir schreibt mir zu meinem Geburtstag ein Gedicht. Wie lange muss der arme Mensch da gefummelt haben, das hört ja gar nicht mehr auf!

Ich kann's später fertig lesen, jetzt muss ich auf mich anstoßen, das ist wichtiger.

Also noch mal: HERZLICHEN GLÜCKW…

TELEFON!!!

NEIN!!!

GRUSELIG!!!

Es reicht!!!

Jetzt doch noch nicht.

Gut, die Neugier hat gesiegt.

Es ist Isa.

Gut dreißig Minuten später sind wir fertig und sie geht ins Bett – endlich!

Zwischenzeitlich hatte ich natürlich nicht vor meinem Glas gesessen und gewartet, nein, so bescheuert bin ich nun wirklich nicht!

Inzwischen ist die Flasche ziemlich leer und ich erst mal wieder reif für ein kleines Zigarettchen.
Und die Uhr interessiert mich sowieso nicht mehr, erst irgendwann heute im Laufe des Nachmittages.

Aber – uiiiiiiiiii, was ist denn das, da war noch eine
SMS reingekommen, grad als ich auf dem Balkon war,
wer schreibt denn nur zu dieser frühen Stunde?
Und vor allem: wer schreibt MIR?

Ehrlich gesagt, keine Ahnung, Isa hatte ja angerufen
und ansonsten pennen doch alle um diese Zeit schon.
Mal gucken!

Ach – das ist liiiiiiiiiiiiieeeeb, mein Freund und
Kollege Michi.

Wir kennen uns seit Jahren, aber dass er mir mal eine
SMS geschickt hätte!

Weit gefehlt!
Wir waren ein paar mal zusammen auf Seminar und
haben uns regelmäßig zu Mittag getroffen.
Aber SMS?
Da kam nie was – und woher hat der eigentlich meine
Nummer?

Bin so überrascht, dass ich irgendwie gar nix zurück
schreibe, na ja, es ist ja auch zwei Uhr in der Nacht!
So was tut Frau schließlich nicht.

Vielleicht hat er sich ja auch nur vertan.
Neeeeeee, aber jetzt noch den letzten Schluck – ach,
was soll's – gleich aus der Flasche und dann noch ne
kleine unschuldige Zigarette und ab in die Heia.

Und dann AUUUUUUUSSCHLAAAAAAAFEN, so
lange ich will und keiner stört mich! Juhuuuuuuu!!!

Es klingelt.
Mitten in der Nacht!
Haben die keinen Anstand!
Nicht heute!
Ist es schon so spät?

Ich greife zum Telefon: „Hallo?"

Es meldet sich niemand.

Es klingelt wieder.

Ich schaue auf das Telefon – es zeigt ACHT UHR
und das am Sonntag!
Ich bin hellwach!
Welcher Trottel wagt es, mich am Sonntag um diese
unchristliche Zeit aus dem Bett zu holen???

Ich krieche zur Tür und melde mich in der
Gegensprechanlage.

„Hallo?"

„Einen wunderschönen guten Morgen, Frau
Wimmer, ich habe da was für Sie!"

Mein Gott, muss der gleich so in die
Gegensprechanlage brüllen?

Bist Du gelähmt?
Der ist ja des Wahnsinns.

Ich krächze: „Zweiter Stock."
Bei aller Liebe, mehr geht momentan nicht!
Wirklich nicht!

Ich mache die Tür auf und warte auf den Aufzug.

Schnelle Schritte im Treppenhaus (Oh je, wie sehe ich
eigentlich aus?)

Zu spät.

Vor mir steht ein ziemlich großer freundlicher
Schwarzer mit einem breiten Grinsen und übergibt
mir einen Strauß mit Sonnenblumen, meinen
Lieblingsblumen!

Also, wenn es einen ersten Preis für Blöd-Gucken
gäbe, so wäre mir der jetzt sicher gewesen.

„Ich wünsche Ihnen noch einen schönen Tag!"
Und mit diesen Worten war er genauso schnell
verschwunden, wie er erschienen war.

Toll. Erst mal in die Küche damit. Ab in die Vase und
da ist eine Karte, mal lesen.

Ach wie lieb, das ist von meinen Kollegen, was für
eine nette Überraschung!

Aber hätte das nicht noch bis morgen Zeit gehabt, wenn ich wieder im Büro bin?

Na egal, gefreut hab ich mich riesig, bin aber trotzdem gleich wieder ins Bett gehüpft.
Um endlich AUSZUSCHLAFEN, und das kann dann schon mal bis Nachmittags dauern, zumal bei den vielen Unterbrechungen.

Irgendwann später bin ich aufgewacht. Hatte wohl vollkommen vergessen, das Telefon wieder mit ins Schlafzimmer zu nehmen und so blinkt es mir fröhlich entgegen, als ich mir meinen Morgentee mache.

Aha, meine Eltern haben angerufen, die ruf ich dann mal zurück.

Aha, meine Eltern haben noch mal angerufen – warum ich mich nicht melde.

Aha, meine Eltern haben noch zweimal angerufen und aufgelegt. Ich sollte sie nun besser doch gleich zurückrufen.

Wie spät ist es nun eigentlich?

Oha, es ist ein Uhr nachmittags – EGAL!
Es ist mein Tag und ich bin niemand Rechenschaft schuldig!

Übermorgen ist sowieso Feiertag und da wollte ich zu meinen Eltern fahren.

Eltern sind GRUSELIG und GRAUSAM manchmal.

Die haben mich schon genervt mit ihrer Fragerei, weil es doch so ein halbrunder Geburtstag ist und so.

Da könnt ich doch mal eine Einladung aussprechen.

Und das vielleicht auch noch bei meiner permanenten Ebbe im Geldbeutel, was denken die sich da eigentlich.

Sie könnten doch mich mal einladen, hab ich gemeint und hab mir dann gleich eine hausgemachte Buttercreme-Torte bei meiner Mama bestellt, nur so als Strafe eben.

Reine Erziehungsmaßnahme.

Was die Leute nur haben mit ihrem Geburtstag?

Ist im Grunde ein Tag wie jeder andere auch, er hat einen Morgen und einen Abend und dazwischen liegt Mittag, so wie jetzt eben.

Ist einfach ein Datum!

Schluss!

Aus!

Fertig – nicht mehr und nicht weniger!

Und an irgendeinem vermaledeiten Tag im Jahr muss man halt einfach Geburtstag haben!

Grrrrrr!!!

Aber jetzt erst mal ans Geschenke auspacken, bin schon richtig gespannt, was ich von mir bekommen habe.

## 9 Sonntag-Nachmittags-Gedanken

Freundschaften sind schon genial.

Genial und praktisch!

Wenn Du jemanden um Dich haben willst, ist jemand da und wenn Du Deine Ruhe haben willst, dann hast Du sie eben.

Nur einen kleinen bitteren Beigeschmack hat die Sache: die Nacht.

Da ist keiner zum Anlehnen oder Kuscheln da, kein starker Arm, der Dich hält, geschweige denn in dem Du einschlafen kannst.

Aber das ist eben der Preis der Freiheit, das ist der üble Teil vom Alleinsein.

Der Rest ist ganz ok, bis auf diese lästige Einkauferei und das Schleppen von irgendwelchen Kartons, weil Frau wie immer viel zu viel eingekauft hat, könnte ja schließlich verhungern.

Heute ist Sonntag, wieder mal, und zwar ein Sonntag, der seinem Namen alle Ehre macht!

Von wegen – Sonne!

Bin in meinem Atelier und arbeite mal wieder an einem meiner großformatigen Bilder.

Ich habe inzwischen (endlich) einen eigenen Stil entwickelt und der kann sich sehen lassen!

Reiner Expressionismus, mit viel Ölfarbe und Struktur.

Und stinken tut's!

Nachdem ich bei diesem ekelhaftem Wetter nicht mal das Fenster komplett aufmachen kann, hab ich schon ein bisschen Kopfweh. Auch tut mir der Rücken schon weh und die Füße vom ewigen Stehen.

Zeit für eine Pause!

Ich mach mir einen Tee und setz mich ins Wohnzimmer.

Ich schau schon recht malerisch aus.

Die Haare stehen mir zu Berge, mein Malerkittel und die Hände sind relativ bunt und ich bin so richtig leeeeeeeeeeer.

Ist ehrlich gesagt ein schöne Gefühl, diese Leere, denn ich bin richtig erfüllt und – sagen wir mal – hypnotisiert von dem, was ich da so in dieser Zeit des Alleinseins geschaffen habe.

Voller Stolz gehe ich, begleitet von meiner Teetasse, durch meine Wohnung und betrachte meine Bilder.

„Toll", entfährt es mir.

Dann plötzlich – in dieser Stille – SMS!

Ich bin total erschrocken, weil ich irgendwie ganz weit weg war.

Isa kann's nicht sein, die ist am Gardasee – und sonst schreibt mir auch keiner am Sonntag-Nachmittag eine SMS.

Es ist Michi.

Ob wir uns morgen sehen, will er wissen.

Er war irgendwie letzte Woche in Urlaub und wir waren für morgen Mittag zum Essen verabredet.

Tja, natürlich sehn wir uns, schreib ich zurück.

Die Abwechslung wird mir gut tun, denke ich. Mit ihm kann ich immer so wundervoll rumblödeln und so klasse über alles reden.

Ich freu mich richtig drauf, ihn wiederzusehen.

Toll, so Freundschaften, die sich so lange halten, denke ich mir und beschließe, den Abend in der Badewanne und vor dem Fernseher zu verbringen.

## 10 Von doof gibt es noch eine Steigerung

Heute ist klasse Biergartenwetter!

Genau richtig für das Treffen mit Michi!

Werde mal losstarten und ihn abholen.

Stimmt, heute ist wirklich seit langem mal wieder ein herrlicher Tag!

Wie gemacht dafür, mittags mal den Arbeitsstress zu vergessen und die Seele baumeln zu lassen, netter Gesprächspartner inklusive.
Was brauchst Du mehr?

Wir sitzen im Biergarten und blödeln rum.

Na, sein Urlaub scheint ja auch nicht so toll gewesen zu sein, zumindest berichtet er nicht viel darüber.
Aber es gibt ja genug andere Themen und so sind eineinhalb Stunden wie im Flug vergangen und wir müssen leider wieder zurück.
Richtig schade.

Aber vielleicht können wir uns ja so mal treffen, dann hätten wir mal ein bisschen mehr Zeit zum Reden.

Am Abend, kurz bevor ich nach Hause gehen will, klingelt mein Telefon – es ist Michi.

Er hat vergessen, mir zum Geburtstag zu gratulieren. Ja, stimmt, das haben wir wirklich total vergessen, wenn es auch absolut nebensächlich war.

Er kommt noch kurz vorbei.

Ok, dann geh ich halt etwas später, ist ja auch egal, mich erwartet ja keiner und ich bin ja auch nicht auf irgendwelche öffentlichen Verkehrsmittel angewiesen (Gott lob). Mein kleiner blauer Flitzer fährt immer dann, wenn ich will.

Es klopft, das wird er sein.

Ich steh auf und strecke die Hand aus, damit er mir gratulieren kann.

Er steht etwas verschüchtert herum.

Keine Ahnung warum, hat er vielleicht hinter dem Rücken ein Geschenk für mich?

Ich bin doch so furchtbar neugierig.

Dann plötzlich nimmt er meine Hand und sagt:

„Alles Liebe nachträglich zum Geburtstag!"

zieht mich zu sich ran und küsst mich.

Ich bin entsetzt!

Na ja – schockiert!

Nein – eigentlich war das sehr schön.

Ach – keine Ahnung!
Jedenfalls bin ich sprachlos!
Und unter uns gesagt, schlecht war das auch nicht!

Dann – wieder typisch Mann!

Er macht einen Schritt nach hinten. Ich glaube, er ist
überrascht von sich selbst und seinem Mut, den es
ihn gekostet haben muss und will zur Tür raus.

Flüchten? Nein, das geht ja gar nicht!

Kommt ja nicht in die Tüte!

Nix da – hier geblieben!

„Halt!" höre ich mich sagen, wie fremdgesteuert.

„War das schon alles?" Meine Herren, ich muss
schon sagen, der muss mich ja für eine
Nymphomanin halten!

Er ist knallrot im Gesicht, wie SÜÜÜÜÜÜÜÜÜß!

Er bleibt stehen und ich gehe auf ihn zu und meine:
„Na, das können wir doch noch besser – oder?"

Und küsse ihn
   – ja
   – passt
und das hat also all die Jahre in uns geschlummert.

So so.

Na, dann wird es Zeit, dass wir es auskosten!

Lass uns endlich loslegen und LEBEN!!!

## 11 Das Leben ist schön!

Und wie wir losgelegt haben!

Die Einsamkeit war mit einem Schlag vorbei!

Wenn wir nicht irgendwo essen waren, sind wir spazieren gegangen oder spazieren gefahren, haben geredet, geredet und noch mal geredet.

Stundenlang haben wir miteinander telefoniert, da hat sich die Flat-Rate schon wirklich bezahlt gemacht.

Wenn wir nicht geredet haben, haben wir uns geliebt.

Das Leben ist schön, kann ich Euch sagen,
ich wusste nicht, wie schön es sein kann!!!

Kurzum, wir haben uns einfach treiben lassen und die Zeit genossen.

*Und noch lang kein Ende*

1 Bei Aldi um Acht ........................................................ 126

2 Mein neues Hobby - Bowling ............................... 133

3 Der Schrecken vom Minigolfplatz ....................... 145

4 Rennfahrer gesucht!.................................................. 157

5 Weil-Sätze.................................................................... 171

6 Und schon wieder Geburtstag! .............................. 179

7 Auf großer Fahrt ....................................................... 188

# 1 Bei Aldi um Acht

Leute, wollt Ihr mal was lustiges erleben?
Dann müsst Ihr zum Aldi gehen und zwar um acht
Uhr in der Früh, wenn es was spannendes gibt.

Es ist erstklassig, eine Theatervorstellung ist ein
Dreck dagegen, lauter gierige Leute, die schon eine
Stunde vor der Öffnung der Filiale eine Schlange
bilden.

Sehr schön, in Reih und Glied angetreten, mit
Einkaufswagen bewaffnet, meist paarweise, wirklich
gigantisch.

Ich hatte mir zwar geschworen, dass ich es nieeeeeee
so nötig habe, dass ich um diese unchristliche Zeit
vor irgendeinem bedumpften Laden warte, aber ich
muss zugeben, dieses Schauspiel rentiert sich doch
hin und wieder. Und davon abgesehen gibt es immer
so tolle Sachen da, die man unbedingt braucht!

Auch wenn man sie nicht gleich braucht, sondern
später irgendwann einmal, denn dann gibt es diese
tollen günstigen Angebote ja nicht mehr. Sondern das

gibt es nur jetzt und hier und zwar direkt in deiner Aldi-Filiale vor Ort.

Im Grunde ist das wie bei IKEA, nur noch mit mehr Hochspannung und so lebensechten Darstellern.

Erste Sahne eben!

Also, es war wie immer:
Montag morgen – alle Leute sind da gut gelaunt und höflich. – Na ja, ein bisserl Sarkasmus darf schon sein!

Heute gibt es „Hello Kitty" Bettwäsche, die muss Frau schon haben, wenn sie im Trend liegen will!

Ist absolut und dringend erforderlich!

MUST!!!

Und die Schlange ist wohl deswegen heute auch besonders lang.

Gut, bin also vier Minuten vor Acht da.

Der Parkplatz ist schon überfüllt, es ist Ferienzeit und es wimmelt nur so von Müttern und Kindern.

Ich streite mich mit den üblichen Vans um einen adäquaten Parkplatz, von dem ich danach schnell wieder rauskomme.

Ich bin ja nicht ungerecht und lasse einer besonders genervt und gestresst aussehenden Mutter mit gleich dreien solcher kleinen Monster den Vortritt.

Dann hab ich einen freien Platz erspäht und parke ein.

So, die Schlange geht schon vom Eingang über den halben Parkplatz. Ein herrlicher Spaß!

Ich steige aus und stelle mich hinten an, wie es sich gehört.

Vor mir eine Vorzeige-Ideal-Familie mit zwei Kinderchen, ein liebreizendes Töchterlein und ein netter adretter Junge.

Aha, und da vorne sind auch meine Nachbarn.

Wozu brauchen die diese Bettwäsche?

Die haben weder Kinder noch liegen die im Trend!

Na, wer weiß, ich habe mich bestimmt getäuscht, die sind vermutlich total en Vogue!

Es ist spaßig.

Ich beobachte sie aus den Augenwinkeln und tu so, als sehe ich sie nicht.

Au verflixt, jetzt haben sie mich auch gesehen und winken mir zu.

Verdammt, ich hoffe nur, die denken nicht, dass ich mir in meinem Alter „Hello Kitty" Bettwäsche kaufe!

Oh je, was stand eigentlich sonst noch im Prospekt?

Ich brauch dringend eine Ausrede!

Na, ich werde eben warten, bis die fertig sind, grapsche mir so ein heiß begehrtes Teil und gehe dann nach ihnen zur Kasse, muss halt nur etwas warten.

Aha, das Schauspiel beginnt, es ist Acht – die Kirchturmuhr hat es mir eben verraten.

Jetzt mal sehen, die Spannung steigt ins Unermessliche!

Es kommt Unruhe auf, alle wippen hin und her und es wird laut vor meiner geliebten Aldi-Filiale!

Nichts passiert, es ist doch schon ACHT!

Die Unruhe und das Unbehagen steigern sich.

Dann endlich!

Es wird aufgesperrt.

Und die Leute, die hier so brav hintereinander angestanden haben, drängeln nach vorne.

Ein Geschubse und ein Lärm macht sich breit, Kinder schreien, Mütter keifen, Väter brüllen – alles durcheinander.

Ich find's herrlich.

Bis mich von hinten eine Frau mit dem Wagen fast überrollt und meint, ich müsse mich doch beeilen, sonst sei alles weg!

Na gut, ich lasse mich von den Massen mitreißen und in den Laden tragen.

Alles drängt zur Bettwäsche, auch meine Nachbarn.

Ich gehe gemütlich aus dem Strom in den Parallelgang und schaue mir das Getümmel von weitem an.

Ups, meine Nachbarn gucken nach mir, schnell verstecke ich mich hinterm Regal und tu so, als hätte mich Katzenfutter schon immer interessiert.

Aha, die trauen sich wohl nicht so recht an die Bettwäsche ran und gucken, als ob sie etwas verbotenes tun.

Jetzt, da ich für sie schier unsichtbar bin, greift Karl blitzschnell in die Bettwäsche und sie flüchten zur Kasse.

Hihi, hab ich Euch erwischt!

Ich warte noch beim Katzenfutter, bis sie in Windeseile die Filiale verlassen. Dann bin ich auch schon unterwegs, um mir auch noch ein Exemplar zu sichern.

Was soll ich sagen?

Köstlich war's wieder!

Und morgen geh ich zu Lidl, mal sehen, was die im Angebot haben!

## 2 Mein neues Hobby - Bowling

Kinder, ist das Leben schön!
Mein neues Hobby ist Bowling!
Heidenei – was für ein Spaß!

Ich hab auch einen neuen Traumberuf, ich werde
Ballbohrer!!!

Irgendwie hat es mir immer schon Spaß gemacht, ein
bisserl zu bowlen. Na ja – ganz ehrlich, die andere
Seite von Bowlen mag ich auch sehr gern,
Erdbeerbowle, Litschibowle, Pfirsichbowle usw.

Aber hiervon und den ganzen Exzessen, was man mit
dieser Art von Bowlen erleben kann, will ich nicht
berichten.

Angefangen hat meine neue Sucht ziemlich harmlos,
wir fuhren irgendwann einfach an einem Bowling-
Schuppen vorbei und mein Schnucki meinte ganz
beiläufig, wir könnten das doch auch mal
ausprobieren und zum Bowling gehen.
Da ich nun mal wahnsinnig gerne neues ausprobiere
und vor gar nix zurückschrecke, musste es natürlich
sein.

Also gingen wir dahin.

Im Nachbarort ist so eine Bowlinganlage, da sind 8 Bahnen drin, also absolut überschaubar und schnuckelig das Ganze.

Es ging gleich mit einem Schock los, da muss man andere Schuhe anziehen und ausleihen, eine typische Frauenproblematik tat sich auf!

Die Dinger, die man da bekommt, sind so was von unchic – ganz zu schweigen davon, dass sie natürlich flach sind. Auf einmal ist man da 10 cm kleiner, eine sehr bedenkliche Angelegenheit! Zumal ich natürlich zwar mit Jeans, aber in Überlänge (passend zu meinen üblichen High Heels eben) aufkreuzte.

Hose hochkrempeln erschien mir zu lässig und unten lassen schaut wie abgebrochen aus. Na und die Version die Hose auszuziehen, ist auch nicht angebracht.

Zum schreien!

Schließlich nahm ich die Abgebrochener-Riese-Variante, was bei meinem Schnucki eine seiner üblich geistvollen Bemerkungen auslöste.

Die Schuhe sind zu allem Überfluss natürlich auch noch gebraucht, soll heißen, da war schon irgendjemand mit seinen Quanten drin mit was weiß

Gott für Bazillen und Viren. Angeblich werden die Dinger nach dem Tragen immer desinfiziert. Komisch nur, dass ich das noch nie gesehen habe.

Na denn war ich ja nun gut gerüstet und musste mir nur noch einen Ball (es heißt nicht Kugel – keinesfalls darf man Kugel sagen, sonst wird man da ausgelacht und hat sich sofort als absolute Laie entlarvt!) aussuchen.

Mann, die Teile sind höllisch schwer und wenn man einen leichten nehmen muss, weil man so wie ich eben kleine zierliche Händchen hat, gucken die anderen wieder doof, weil das ein harter Sport ist, nix für Weicheier und Weiber eben. Natürlich waren bei der schweren Kugel (Verflixt – Ball, Ball und noch mal Ball) die Löcher so groß, dass das dusslige Teil nicht gleich wirklich auf der Bahn gelandet ist. Die nächsten Versuche waren schließlich besser und der Ball (aha, geht doch!) glitt mit einer ungeheueren Eleganz direkt in die Rinne und damit an all den hübsch drapierten Kegeln (und das sind Pins!) vorbei.

Irgendwann hat sich dann der Typ von Bahn 3 vor lauter Mitleid nicht mehr halten können und mir erklärt, was ich machen soll:

„Hey Du, das machste wohl noch nicht so lange?"

(Tiefsinnige Frage, wirklich, sieht doch ein Blinder mit Krückstock! Grrrrrr)

„Ne, nicht so wirklich." (genauso tiefsinnige Antwort)

„Pass mal auf, Du musst Dich lang machen, wenn du wirfst."

(Ich dachte immer, dass man das Ding rollt – Fehlanzeige – man wirft. Und was heißt lang machen – bin halt nur knapp 1.60 m! Doppel – Grrrrrrr)

„Wie meinstn des?"

Er warf einen kurzen taxierenden Blick über meinen Körper (sind wir hier auf dem Sklavenmarkt – Hä?)

„Na dann pass mal auf."

(fehlte nur, dass er noch das Wort „Kleine" anfügt.)

Aber ich musste ehrlich gestehen, wenn ich mir seinen Body so anguckte, er war nicht schlecht gebaut – auch der Bewegungsablauf war irgendwie ganz ansehnlich.

„Also, Du nimmst den Ball ungefähr so."

(Toll, hat mir Schnucki auch schon mindestens 200 Mal vorgebetet – hat nix genutzt – aber lassen wir ihn mal machen)

„Dann gehst Du laaaaaaaaangsaaaaaaaaam auf die Bahn zu, beachte die Pfeile auf der Bahn."

(Huch, wo kommen die auf einmal her? Ich schwöre, diese Pfeile waren vorhin noch nicht da!)

„Und stell Dich möglichst links von diesem Punkt hin."

(Ach wie niedlich, der schwarze Fleck auf dem Parkett da hat einen Sinn, hatte doch gedacht, dass hier nicht richtig geputzt wurde.)

„Und jetzt machst Du Dich lang – als ob da vorne ein 1000 Euro Schein liegt, den Du erreichen willst, und dann…"

Aus war es!

Ich konnte mich nicht mehr halten, von Geld versteh ich was, da ich ja nie welches habe. Ein 1000 Euro Schein, ich lach mich tot!

So was gibt's doch gar nicht!

Hi hi, na ja, mag ja ganz gut aussehen, das Kerlchen – aber hohl in der Birne, man mag's nicht glauben!

„Was ist jetzt so lustig?"

„Ähm, entschuldige, aber ich hab mich grad an meinem Bier verschluckt."

(Fade Ausrede – ich weiß. Aber nun denn, hatte gerade keine bessere und deutete auf meine kleine unschuldige Flasche Becks Gold – ist übrigens sehr lecker und bei einer Flasche bleibt's meistens auch nicht.)

„Tut mir leid."

Er schien den Köder gefressen zu haben.

Ok, wie sagt Schnucki immer: Versuch macht kluch! Also dann mal ran an den Ball.

Ich geb's ja zu, wenn ich herausgefordert werde und ich gemerkt habe, dass der andere mir ohnehin schon zu Füssen liegt, kann ich nicht anders, ich muss es einfach tun und ihn hemmungslos verarschen!


„Also, ich nehme den Ball – guck, ungefähr so…"

Gleich ist er fällig!

„…dann gehe ich auf die Bahn zu…"

Ok, diese Bewegung hat nun nicht mehr wirklich was mit Bowling zu tun.

„…stelle mich hier neben den Punkt. Mache mich laaaaaaaang - als ob da vorne eine 1000 Euro Note liegt…"

Ich konnte es mir nicht verkneifen – Ehrlich!

„…und werfe den Ball dann."

Ich schwör, er hat alles genau verfolgt und meinen komplett überzeichneten Bewegungsapparat auswendig gelernt.

„Und hab wieder die Rinne getroffen! Mist"

Diesmal war's Absicht und schön war's. Aber wie bring ich den sonst los?

Hei, Bowling macht vielleicht Spaß!!!

„Ja aber es war schon viel besser, Du musst einfach nur üben."

Aua, da wäre ich nie im Leben draufgekommen. Genial geradezu. Jetzt kann ich schon die Rinne richtig treffen!

Jedes Mal, wenn wir jetzt zum bowlen da sind und er und seine Kumpels auch, dann winkt er zwar kurz und sagt hallo, aber eine weitere Trainingsstunde verkneift er sich. Hoffe ich zumindest für ihn.

Jedenfalls hab ich es inzwischen soweit kapiert, dass es besser ist, einen eigenen Ball zu haben, gerade, wenn man so kleine Fingerchen hat wie ich.

Ja, das Besitzen eines eigenen Balles hat schon was, man muss sich nicht auf der Bahn raufen, denn meinen eigenen Ball lang nur ich an. Und eigene Schuhe ohne zehntausend – ach was – zehn Milliarden Bazillen, und ein Bowlingtäschchen mit Glücksbringer dran, und überhaupt und außerdem sieht es furchtbar wichtig und interessant aus.

„Haben Sie schon gehört, ich besitze meinen eigenen Bowlingball – ist das nicht toll?"

So ein Ding muss her! Und zwar sofort!

Ein besonders schöner effektiver Ball, vor dem die Pins alle sofort Reißaus nehmen und freiwillig umfallen, wenn sie ihn nur sehen. Ich muss ihn einfach haben, dass kann sicher jeder verstehen!

Und was so ein richtig gefährlicher Ball ist, der braucht auch einen erschreckenden Namen:

Destroyer – das hört sich gut an, den wird jeder fürchten!

Striker – auch ganz nett, aber nicht so einfallsreich!

Destinator – Das ist es, genau!
Hört sich ein bisserl nach Krieg der Sterne und Terminator an. Das erfüllt seinen Zweck.

Die Sache mit dem Aussuchen war gleich erledigt, nur die Gewichtsfrage war das Problem. Meinen lieben Ball gibt's nun mal nicht mit 9 Pfund Gewicht. Na ja, der nette Berater hat uns gesagt, dass wir ein Pfund mehr nehmen sollten, also dann eben 10 Pfund. Gut, in der Gewichtsklasse gibt es ihn und er wurde also bestellt.

Und dann kam der Tag des Ballbohrers.

Zuerst jedoch die schlechte Nachricht: mein geliebter Destinator-Ball war nicht da.
Obermist!
Ich hatte mir doch schon genau vorgestellt, wie die Pins vor lauter Schreck freiwillig weghüpfen, wenn sie ihn nur anrollen sehen und mich selbst auf dem Siegerpodest ganz oben auf der EINS.
Ach Du schöne heile Welt, Du gehst in Fransen. Einfach niederschmetternd!

## AUSNAHMEZUSTAND!

Sie hätten ein paar andere da, ich könne mir doch da einen aussuchen, da ist bestimmt was dabei, was mir gefällt.

DIE HABEN EINFACH KEINE AHNUNG!

Das ist nicht nur irgendein Ball,

das ist mein Ball,

das ist DER Ball,

der einzig ultimative Ball.

Ok, ich gebe klein bei und guck mir die anderen mal an.

Dann sind wir in den Keller gegangen zu Achim, dem Ballbohrer, der heute da ist, um seinem Beruf nachzugehen.

Auf dem Weg dahin hat schon alles nach verbranntem Plastik und Männerschweiß gestunken. Gruselig. Na schau mer mal.

Und dann steht er vor uns – Achim, der Ballbohrer.

Ballbohrer, das muss man sich mal auf der Zunge zergehen lassen.

B---A---L---L---B---O---H---R---E---R

Hihi, was für eine tolle Berufsbezeichnung, die wär was für Robert Lembke, wenn es das heitere

Beruferaten noch gäbe. Da käme keiner drauf, die 50 DM, die es damals als Haupt-Schweinchen-Inhalt gab, wären dem Herren sicher.

Aber es ist ein ganz seriöser Beruf, der des Ballbohrers.

Hat was von Präzisionsfräser und Handvermesser und technischer Zeichner und außerdem sehe ich auf den ersten Blick, dass das auch eine Art Bodybuilder und Bowlingprofi ist, so wie der gebaut ist – meine Herrn!

(Aber ich brauch mich wirklich nicht beschweren, das ist ja wohl klar!)

So, Bälle aussuchen, der Typ ist nun wieder der Meinung, dass Schnuckis Ball zu leicht ist. Na ja, war immerhin ein Brocken von 12 Pfund, doch er rät ihm zu einem 13 Pfünder, was mein Herz vor Stolz höher schlagen lässt.

Tja, er schaut schon gut aus – aber lassen wir das!

Es geht hier immerhin um alles oder nichts, um Ball oder nicht Ball haben.

Um Leben oder nicht!

Ich will auch einen und es ist mir nun schon vollkommen egal, welche Farbe das Ding hat!

Vollkommen total egal!

Er muss nur her, denn sonst steh ich das nächste Mal im Regen. Mein Gegner hat einen neuen, auf ihn maßgebohrten Ball und ich habe nichts??

Das kann's nicht sein – wirklich nicht!

Meinen Wutausbruch hab ich natürlich schon im Zaum gehalten. Selbstbeherrschung ist mein zweiter Vorname.

Aha, nun aufgepasst, es geht los, er holt eine Schachtel raus.

„Also, Dir rate ich auch zu einem 11 Pfund Ball, Du siehst kräftig aus."

AHHHHHHH, das geht runter wie Öl, der Mann versteht sein Handwerk!

Hoffe nur, er meint nicht kräftige Statur – denn sonst gnade ihm Gott!

„Na ja, Kraft hab ich schon."

„Also, dann hab ich hier zwei mit 11 Pfund, schau sie Dir doch einfach mal an, ob Dir einer davon gefällt."

Egal – nur her damit!

Ich nehme sie alle!

Nur mach schnell!

„Hier, nimm mal diesen und das hier ist der andere."

Toll, und wo ist nun wirklich der Unterschied?

Der eine ist türkis mit schwarz und der andere schwarz mit türkis.

Dann schließe ich meine Augen, fasse sie beide an und nehme den linken.

Jetzt kommt der angenehme Teil, mein Schnucki holt mir ein Bier.

Und Achim misst meine Hand aus.

Ach ja, was für ein Traumberuf.

Nicht so was eintöniges wie täglich am Computer zu sitzen und dämliche Zahlen in noch viel dämlichere Tabellen zu schreiben.

Wie, das war's schon?

Schon fertig?

Das war alles?

Der Typ fängt mit dem Bohren an. Erst das Daumenloch, anschließend – ahhhhh, wieder Anprobe.

Das Leben ist schön!

Und das Bierchen dazu – genial.

## 3 Der Schrecken vom Minigolfplatz

Wir saßen gerade auf dem Balkon und grillten zum Schrecken aller Nachbarn Fisch.

Dazu gab's Weißwein, einen herrlichen Salat (keiner macht bessere Salatsaucen als mein Schnucki! Wehe, wenn da einer was anderes behauptet.) und natürlich Brot. Ich liebe Brot in allen Variationen. Meiner Meinung nach können sowieso nur wir Deutsche das wahre Brot backen. Aber ich glaube, dass jede Nation das von sich behauptet.

Die Sonne brutzelte uns ins Gesicht,
der Fisch brutzelte am Grill,
und der Wein brutzelte in unseren Hirnen.
Einfach ein rundum gelungener Abend eben.

„Was mach ma n morgen?"
„Ausschlafen!"

Jaaaaaaaa, das wär mal wieder schön, lange ausschlafen. Hab ich schon ewig nicht mehr gemacht, aber wenn das Wetter nun mal so schön ist – na, dann verlegen wir ausschlafen auf den Winter,

Winterschlaf eben. Dann haben wir bestimmt genug Zeit dafür.

„Naa, ich mein, wollen wir was unternehmen?"

Die Frage war gut, denn seitdem Schnucki in mein Leben getreten ist (obwohl er ja schon immer da war) haben wir ständig was unternommen, langweilig wird's nie. Im Gegenteil, wir haben so viel zu tun, dass wir schon zwei Terminkalender führen müssen, damit wir noch alles überblicken.

„Yip, klaro, jedenfalls was mit draußen."

„Für See ist es noch zu kalt."

„Yip"

Der Wein war wirklich spitzenklasse – und so süffig.

„Zum Radlfahren hab ich keine Lust."

„Yip, ich würd gern mal was anderes machen, also nix shoppen oder so. Aber jedenfalls draußen."

„Toll, jetzt geht das wieder von vorne los!"

Er hat schon einen messerscharfen Verstand, das muss man ihm lassen!

„Hihi, wenn's von vorne losginge, dann müsstest Du jetzt fragen: Was mach ma n morgen?" Tja, ich bin halt einfach schlagfertig!

„Des is wie bei Loriot."

„Na so schlimm is es doch auch nicht – oder vielleicht doch?"

„Noch nicht ganz."

„Trotzdem, ich hätte mal Lust auf was anderes – hm, zum Beispiel Minigolf. Hast Du das schon mal gespielt?"

„Meinst Du das im Ernst? Natürlich hab ich das! Ich war früher mal so ne Art Minigolf-Halbprofi!"

Na toll, da haben wir den Salat, natüüüüüüüüüürlich, das war nicht anders zu erwarten!

Wie konnte ich nur daran zweifeln oder auch nur den geringsten Gedanken haben, dass Schnucki das nicht kennt oder kann! Grrrrrrr.

Gut, da wir die Sache nun geklärt hatten, ging es halt am nächsten Tag los.

Ich glaube, probiert hat's im Sommer schon jeder mal. Aber da gibt es auch eine Profiliga und so, wie beim echten ausgewachsenem Golf.

Also ich meine, beim großen Rasen-Golf – oder wie das eben heißt.

Auch Meisterschaften und all das Gedöns.

Also genau das Richtige für uns, ich will Spaß und er einen Orden oder so was.

Wir ergänzen uns glänzend.

Ein Platz war gleich gefunden, ich kannte einen in der Nähe. Na dann wollen wir mal.

Mann, es ist ja eine halbe Ewigkeit her, dass ich so einen dussligen Schläger in der Hand hatte. Es fühlte sich äußerst ungewohnt an.

Aber erst mal zugucken, wie Mann-Profi das so macht.

Kurzum: erschreckend!

Man plant hierbei die einzelnen Schläge, berechnet irgendwelche ominösen Winkel und macht einen

Buckel, als wäre man ein Kater auf der Balz oder hat einfach nur einen irren Haltungsschaden.

Sieht irgendwie nicht wirklich ästhetisch aus, das ganze.

Aber immerhin braucht man keine extra Minigolfschuhe und die Kleidung ist auch wurscht.

Man merke: Unterschied zum Bowling!!!

Also natüüüüüüüüüürlich High Heels! Gar keine Frage!

Ich geb's zu, ich hab vorher heimlich am PC geübt, das mit dem Zielen und den Winkeln und so.

Genutzt hat's nix. Leider.

Aber davon, dass er so ein absoluter Halbprofi ist, hab ich auch nix gemerkt. Hihi. Er sagt zwar, dass er schon seit mindestens zwanzig Jahren nicht mehr gespielt hat. Aber nun ja: am Ende der 18 Löcher hatten wir einen Gleichstand und in einer Liste am Kassenhäuschen stand dann über unser Endergebnis:

„Gratulation, Sie sind über hundert Jahre alt und dafür noch recht fit."

Oder so ähnlich.

Schnucki hat sich jedenfalls irrsinnig aufgeregt und ich fand's superlustig – ein Liebespaar jenseits der Hundert.

Wir ergänzen uns eben!

Na, es kam dann im Anschluss jedenfalls so, wie es eben kommen musste.

So ein Ergebnis kann Mann nicht auf sich sitzen lassen, und abgesehen davon sind die Schläger, die man da so ausleiht und die Anlagenbälle nix gescheites. Da muss eine eigene Profi-Ausstattung her. Dann geht das wie von alleine.

Gesagt – getan.

Daheim also ran an den Rechner und dann mal los. Gucken wir doch mal, was das Zeug so kostet.

Na, ich sag's Euch. Es ist gar nicht so schlimm. Hält sich echt in Grenzen, diese Investition.

Kurzum, es wurde so eine Grundausstattung bestellt, zwei Schläger, ein Ballkoffer und rund ein Dutzend unterschiedliche Bälle:
Harte und weiche, schwere und leichte,
hüpfende und **tote**.

Man stelle sich folgende Szene vor:

Ich (inzwischen mehrfache Preisträgerin und Deutsche Meisterin im Minigolf) auf meeeeeeeeeeeeiiiiiiiiiiiiiiiiiiiiiiinem Platz.

Umringt von tausenden von Zuschauern – ach was, von Millionen von Fans!!!

Nach Autogrammen lechzend…

mit den Augen an meinen Bewegungen klebend…

und dann die Frage vom einem der vielen Reporter :

Was haben sie denn da für einen Ball?

Ach der, ja, der ist **tot!!!** (Mei – der Arme, war's schlimm) Ich könnte mich kringelig lachen über so manche Fachausdrücke!

Andererseits ist dieser Ausdruck dann schon auch sehr inkonsequent, denn die hüpfenden heißen ja auch nicht lebendig, oder?

Na ja, keine Ahnung, wer sich so was auch immer ausdenkt.

Also, die Sachen kamen per Post.

Natürlich waren wir wieder mal nicht da.

Wie immer.

Und so war eben schon wieder mal ein Zettel im Briefkasten und unsere Päckchen bei Meiers im ersten Stock.

Die Armen, die tun mir schon richtig leid.

Aber – recht geschieht es ihnen, warum sind die auch immer zuhause!

Die reißen sich förmlich darum, Poststelle für alle Nachbarn zu sein.

Wir haben ja schließlich ein Büro, da sind wir tagsüber aufgeräumt – und das ist auch gut so.


Na, die Sachen wurden sofort ausgepackt und mussten gleich mal probiert werden.

Erstaunlich, mit den neuen Dingern ging es wirklich besser.

Hmmm, sollte er doch Recht haben? Na ja.


Jedenfalls haben wir fleißig geübt und uns auch schon mit anderen verglichen. Inzwischen waren auch die Ergebnisse ganz passabel und wir waren reif für das öffentliche Minigolf-Turnier, das nächsten Monat auf „unserer" Bahn stattfinden sollte.


Gruselig, aber es war nun mal abzusehen.

Ganz oder gar nicht!

Mein Grundsatz: **Dinge die ich halbherzig tue, tue ich nicht!** hat wieder mal voll zugeschlagen…

Mir graute, denn es wurden ungefähr 30 Teilnehmer erwartet und was mich erwartete, konnte keiner ahnen.

Jedenfalls setzte eine Regenperiode ein – zum Glück – und das Turnier wurde erst einmal verschoben, um einen Monat.

Gut so, da konnten wir doch noch etwas üben.

Aber verschoben ist nicht aufgehoben – und so kam der Tag und dann ging es los.

Die Nacht zuvor konnte ich nicht schlafen.

Ich hab lauter wirre Sachen geträumt und war mindestens zweihundertdreißigmal auf dem Klo. Auch der dritte fünfstöckige Whisky half nix. Am Morgen danach war ich jedenfalls wie gerädert.

Mein Schnucki war topfit und ich war tot – tot wie mein tötester Ball.

Das Schlimmste war, es ging bereits um 10 Uhr los.

Nicht mal ein anständiges Frühstück war drin.

Kein Kuscheln oder so was, nur dieses Turnier.

Hätte ich mich doch nie auf so was eingelassen, wie bescheuert kann man sein, wenn man etwas getrunken hat, das lockert den Verstand und die Zunge und dann kommt so was dabei raus!

Es half nix, kneifen geht nicht.

Dann auf dem Platz – herrlicher Sonnenschein – ein Tag wie gemacht für den See. Baden, kraulen, faul in der Sonne liegen, eine Kleinigkeit essen, vor sich hinträumen – Beine und Seele baumeln lassen.

Statt dessen: MINIGOLF-TURNIER!!!

In dieser Hitze! Kein Lüftchen regt sich, seit 2 Wochen herrschen tropische Temperaturen über dreißig Grad. Und wir mittendrin! Die Hölle hat einen Namen und der lautet: MINIGOLFPLATZ.

Aha, ich muss aufs Klo. Natürlich, immer wenn ich aufgeregt bin, regt sich meine Blase.

Von drinnen hör ich, dass es nun losgeht und sich der Turnierleiter vorstellt und die Regeln erklärt.

Wie?

Gespielt werden drei Runden?

Bei der Hitze?

Ist der verrückt?

Na dann sind wir ja heute Abend erst fertig!
Oh je, ich wollte doch noch ins Wasser hüpfen!
Aha, und es werden Gruppen gebildet. Oh, die
Teilnehmer mit der eigenen Ausstattung müssen
anfangen – Huch, das sind ja wir!

Also, nix wie raus und dann werde ich meine Gegner
kennenlernen!
Auf geht's zum Gefecht!

Na, genial, diese beiden Burschen sind mir schon
vorher aufgefallen. Ich glaube, die haben ja einen viel
schlimmeren Kater als ich!
Jippi!
Vorteil für mich!
Ist ja lustig, wie Minigolf-Profis schauen die auch
wirklich nicht aus, eher als kämen sie soeben von
einem Rockkonzert und sind Drummer und Gitarrist.

Tja, aber das waren doch wirklich mal wahre Könner.

Und wir hatten keine Chance.

Aber das beste von allem war dann die Siegerehrung mit Preisverleihung.

Na ja, nachdem wir vier – das heißt die Profis und wir zwei – die einzigen waren, die mit eigenem Material angerückt waren, waren wir nun auch nur zu viert in unserer eigenen Gruppe.

Und das beste war, ich war die einzige Teilnehmerin in meiner Gruppe, somit war ich Erste und Letzte bei den Damen zugleich.

Und bekam den ersten Preis, eine schöne Urkunde und einen Pokal.

Tja, manchmal muss man sich eben nur trauen und teilnehmen!

Dabei sein ist eben alles…hi hi hi.

## 4 Rennfahrer gesucht!

Aller guten Dinge sind nun mal drei! So eben auch bei meinen neuen Hobbys.

Und da die beiden ersten mit Sport zu tun haben, konnte es natürlich bei Hobby Nummer drei auch nicht anders sein.

Ich fahr ja wirklich für mein Leben gerne Auto, sehr zum Leidwesen mancher Mitstreiter auf der Straße.

Irgendwie ist es immer so, der eine ist mir zu schnell, der andere zu langsam.

Kurzum: zu nörgeln finde ich immer was.

Nur nicht bei meinem eigenen Fahrstil, der ist nun mal eben einfach perfekt.

Da gibt's nix, ja absolut gar nix dran auszusetzen!

Gar nix!!!

Jawohl!!!

Auch wenn manche das anders sehen und ich schon die merkwürdigsten Bewegungen und Verrenkungen der anderen Verkehrsteilnehmer in meiner Gegenwart wahrgenommen habe.

Ich weiß manchmal wirklich nicht, was die da von mir wollen.

Jedenfalls fahre ich auch sehr gerne Autoscooter, weil man da dann eben Dinge tun darf, die auf der Straße manchmal etwas schwieriger oder gar mit Beulen verbunden sind.

Aber die Sache hat einen gewaltigen Haken, da fährt man immer nur im Kreis rum, darf sich nicht erwischen lassen, wenn man es einfach mal so richtig krachen lässt und es wimmelt nur so von Familienvätern, die den Kleinen mal zeigen, wie das funktioniert.

Eine einfach gruselig langweilige Angelegenheit, für die lieben Kleinen eben!

Egal, so beschränke ich meine Austobereien eben brav auf entlegene Parkplätze oder Kiesgruben.

Aber irgendwie wollte es das Schicksal, dass ich nun endlich eine Chance bekommen sollte.

Bei uns in der Firma gibt es eine Gruppe, die seit Jahren zusammen Kart fährt.

Davon wusste ich zwar nix, sie hatten aber diesmal wohl aufgrund der Urlaubssituation noch Plätze in ihrem Kader frei, die nun gefüllt werden mussten. Dies hing bei uns jedenfalls im Treppenhaus aus und ich sicherte mir sofort einen solchen Zettel.

Die Typen sagten mir zwar nix, war aber auch egal. Und dass es lauter Männer sind, war mir auch ziemlich wurscht!

Ganz im Gegenteil!

Ich finde Männerhobbies sowieso viel spannender, denn das hat meistens was mit Dreck, Lärm und Gestank zu tun und das fand ich als Kind schon super und es hat sich bis heute nicht geändert.

Mädchen- oder Frauenhobbies sind irgendwie langweilig und tussimäßig und so richtig ausgelassen lachen kann man da auch nie.

Es geht immer um Schönheit, Pflegetipps, Kochen, Putzen, Handarbeiten und all den Kram.

Schon meine Freundin damals in der ersten Klasse hat mich wahnsinnig gemacht, denn die hatte da eine Barbie-Sammlung, mit der haben wir Hochzeit gespielt und diese dämlichen Puppen zweihundertdreißig mal an- und ausgezogen.

GRUSELIG !!!

Die Krönung kam dann an meinem sechzehnten Geburtstag.

Da war ich bei meiner Tante und ich hab das erste mal Kontakt mit Sekt zum Frühstück gemacht. Das war eine ganz geniale Sache und damals hat mir das Zeug auch noch gar nicht geschmeckt, aber es war nun mal was besonderes, der erste Sekt eben.

Danach gab's Geschenke. Mein jüngerer Cousin Harald hat so eine Packung Bauernhoftiere und einen Trecker bekommen und ich?

Na, dreimal dürft ihr raten.

Eine Puppe!

Das war schlimm, aber schlimm für uns beide.

Später haben wir draußen im Sandkasten gespielt und getauscht. Und Jahre später hat sich mein Cousin dann geoutet.

Aber egal, wieder zurück zum Männerhobby – Kartfahren!

Also, mein Schnucki und ich haben den Jungs aus der Patsche geholfen und uns angemeldet.

Der Tag rückte näher, da das Rennen stattfinden sollte.

Und dann war er da.

ENDLICH.

Der Tag X!

Ich hatte mich die ganze Zeit irrsinnig drauf gefreut, aber nun doch ein bisserl Schiss davor. Die hatten das schon so oft gemacht und ich noch nie. Was wird nur werden?
Ich hoffte, ich würde mich nicht allzu blöd anstellen!
Das kann doch nicht so schwer sein, wenn das schon kleine Kinder machen und der Schumacher hat schließlich auch so angefangen.

Als wir zur Bahn kamen, waren die anderen schon da, bewaffnet mit ihren eigenen Helmen und jeder Menge Erfahrung.

Selbst Schnucki war jetzt etwas mulmig.

Ich hab den starken Maxen markiert und erst mal alle freundlich begrüßt.

Dann hieß es umziehen!

Zum Glück hat sich herausgestellt, dass ich nicht die einzige Frau war. Und so hatte ich doch jemand zum Nerven in der Umkleidekabine und zum Rat einholen. (Dass Frauen grundsätzlich ja dann was anderes machen als man ihnen rät, ist eine ganz andere Geschichte)

Jedenfalls hatte ich meine Turnschuhe dabei und mich dann in so einen Overall gezwängt. Muss zugeben, das Teil sah ganz sportlich aus, so schön rot und mit Streifen – richtig racing-mäßig lässig.

Dann ist sie wieder rausgewatschelt und ich brav hintendrein. Es ging zu den Helmen.
Ich hatte ja noch nie so ein Teil in den Fingern, woher sollte ich also wissen, welche die richtige Größe für mich ist?

Ich hab dann den genommen, auf dem XS draufstand. Der hat zwar gewackelt, ging aber einigermaßen gut über mein liebevoll hochgestecktes Haar.

Ein Typ von der Kartbahn ist da auch so rumgestanden, dem war es aber vollkommen wurscht, was wir da machen und auswählen. Er hat nur aufgepasst, dass wir überhaupt einen Helm nehmen.

So, und dann hab ich natürlich die dusslige Sturmhaube vergessen.

Also Helm noch mal runter, Sturmhaube auf.

Die hat nix mit einer Haube zu tun, eher so eine Art Socke mit Augen- und Nasenloch drin. Wozu das gut sein soll, hab ich gefragt. Der Typ hat mich aber einfach nur angeguckt und vollkommen ignoriert.

Also gut, inzwischen waren meine Haare sowieso nicht mehr so liebevoll sortiert.

Sturmhaube also drauf und Helm oben drüber.

Der Effekt ist, man sieht sehr wenig und hört noch viel weniger.

Wir sollten noch so eine Art Einweisung (nennt sich Flaggenkunde) für die Bahn kriegen in der Kammer da drüben.

Ok! Also Helm wieder runter wegen zuhören und – GRRRRRRRR – nächstes Mal mach ich mir einen Pferdeschwanz!

Wir waren also eine Gruppe von 16 Leuten und waren im Flaggenkunde-Kammerl.

Der Typ vorne hantierte herum, es gab irgendwie um die fünf Flaggen (weiß es nicht mehr so genau). Ich hab mir jedenfalls nur die schwarz-weiß-karierte gemerkt, die ist wichtig hat er gesagt. Da sei das Rennen dann aus und wir müssten in die Boxengasse fahren (wird schon ein Schild dafür vorhanden sein).

Außerdem gäbe es auf der Bahn Blinklichter in orange, dann muss man langsam fahren.

Mehr hab ich nicht begriffen.

Wollte auch nicht fragen, denn sonst hätten die mir da vielleicht noch einen Helm verpasst, wo „ANFÄNGER" oder „FAHRSCHÜLER" oder ähnlich sinniges drauf steht.

Ist auch egal, hab ich mir gedacht, muss ja glücklicherweise nicht mein Geld damit verdienen.

Dann ging's los.

Die ganze Gruppe ist in Richtung der Karts gestürmt.

Ich hab mich in das letzte gesetzt.

Schön von hinten gucken, was die da vorne so machen!

Und bloß keinen vorbei lassen!!!

Hübsch alle überholen und das Feld von hinten aufrollen!!!

Denen werde ich schon zeigen, wie man fährt!!!

Das wäre ja gelacht!

Hoppla, was war denn das?
Ich kam ja gar nicht an die dussligen Pedale ran.
Und davon gab es auch nur zwei!

GRUSELIG!

Ich winkte mir einen der beiden Jungs her. Er klappte da unten irgendwelche Bügel raus. Seltsam.

Er meinte, ich könne auch das Kinderkart nehmen, da sollte ich an die Pedale kommen.

Nein – das ließen wir dann mal lieber. Dann kann ich es ja gleich sein lassen – ist ja schlimmer als die Vorstellung mit dem beschrifteten Helm!

So, jetzt schien alles klar zu sein.

Das Ding rollte.

Mist!

Schon am Vordermann aufgesessen.

Jetzt kam der Typ schon wieder und schob mich wieder in meine Position zurück, dann guckte er mich noch ganz vorwurfsvoll an und bedeutete mir, ich solle die Lenkung auf die Bande richten, dann kann ich nicht vorzeitig losfahren.

Toll – keine Handbremse.

Gab auch keine Kupplung oder Schaltwippen.

Nur Gas – wenigstens war das rechts.

Und Bremse – die war links.

Hihi, man konnte auch beides zusammen treten – war lustig, wenn der Motor so aufheulte und sich nix rührte.

Oh je, der hat schon wieder so böse geguckt.

Scheint ne ernste Angelegenheit, das Kartfahren – nix SPASS, sondern ERNST!

Also – volle Konzentration.

Gleich geht's los…

Der Typ steht mit der Fahne da und …

LOS !!!

Die ersten fahren los

immer einer nach dem anderen

jetzt ich!

Die ersten fünf Runden sind Qualifying, was soviel heißt wie Streiten um die beste Startposition.

Da sollte man sich ins Zeug legen, weil sich danach entscheidet, wo man startet, vorne oder hinten.

Na toll, deshalb sind die also so schnell in die Karts gesprungen.

Egal, ich trete das Pedal wie in meinem Flitzer, das Ding kommt nur müde vom Fleck.

Na, dann Mut, ich trete etwas fester und es macht einen Satz nach vorne (hatte ja noch den linken Fuß auf der Bremse – BLOND halt eben!)

Wie dem auch sei, ich bin ganz vorsichtig losgekrochen – immer schön auf der Bahn bleiben und langsam mal testen, wie sich so was fährt.

Nach meiner ersten Runde hab ich gemerkt, dass ich viel zu langsam bin.

Die kommen ja von hinten schon angezischt und der Typ wedelt mit ner blauen Fahne und deutet auf mich.

Ach so, ich soll rechts ran fahren und die anderen vorbei lassen.

Das ist ungerecht!!!

Jedes Mal, wenn ich endlich mal in Fahrt gekommen bin, muss ich rechts ran fahren und irgend so einen Deppen vorbeilassen!

Mist – schon wieder einer!

Muss mir ne andere Taktik überlegen und fahr in die Mitte.

Aha, blaue Fahne.

Kreuzdonnerwetter!!!

Heiland, Blitz und Donner!!!

Wie soll das denn nur funktionieren???

Toll, ich bin doch glatt nach dem Qualifying wieder auf dem letzten Platz gelandet – welche ÜBERRASCHUNG!!!

Im Rennen wurde es aber dann doch besser.

Es mangelt einfach an Übung, und die brauch ich, wenn ich in diesem harten Sport bestehen will.

Aber – keine Ausreden, bringt nix.

Ist nur ne Selbstverteidigung.

Kurzum: ich habe vehement meinen letzten Platz verteidigt.

Aber für mich ist es noch lange nicht vorbei!
Wir sprechen uns wieder!!!

Wir haben uns nun nach einer eigenen Mannschaft umgesehen und werden trainieren, bis uns alles weh tut und dann werden wir gegen sie antreten und sie vernichten.

Kann doch wirklich nicht sein, dass die Mannschaft der Konzernmutter gegenüber einer Tochtergesellschaft verliert, oder?

## 5 Weil-Sätze

Ein besonderes Leiden hab ich.

Es ist eine Art von Anfall.

Der tritt immer dann auf, wenn ich Champagner trinke.

Manchmal genügt auch schon Sekt.

Einige bekommen einen Schluckauf, andere Kopfweh, bei mir sind es:

Nicht endend wollende Weil-Sätze.

Und was so ein richtig schöner Weil-Satz ist, der kann schon mal so zehn Minuten am Stück dauern.

Das dumme für den Gesprächspartner in solchen Fällen ist, dass er meist den Anfang nicht mehr weiß und dann, wenn ich endlich mal eine Kunstpause oder auch nur ein Päuschen zum Luftholen einlege, so verwirrt ist, dass ich mühelos weitermachen kann, weil mir sowieso keiner mehr folgen kann.

Dieses Leiden – oder vielmehr diese Leidenschaft – hatte ich schon in der Schule.

Nein, selbstverständlich habe ich da noch keinen Sekt oder ähnliches getrunken!

Aber ich „verfüge über eine extrem ausgeprägte Neigung zu Schachtelsätzen", wie es von allen meinen Deutschlehrern beklagt wurde.

Eine Lehrerin hat mir sogar mal gesagt, dass ich nieeeeeeee in der Lage sein werde, in irgendeiner Form etwas schriftlich von mir zu geben.

Hatte damals wirklich kurz gedacht, ihr als Rache mal einen Brief zu schreiben.
Ich könnte ihr heute selbstverständlich auch ein Exemplar von diesem Buch zukommen lassen.

Aber wir wollen es mal nicht auf die Spitze treiben!

Mit Schnucki aber ist das Leben herrlich, weil er mir da gut folgen kann, wenn ich so einen Anfall habe.

Ich weiß nicht mehr genau, was der Auslöser war, oder wie es dazu kam.
Aber einmal hatte ich so einen gewaltigen Anfall, dass Schnucki mich noch heute damit aufzieht.

Es war ein herrlicher Sommerabend und wir saßen wieder mal auf unserem Balkon.

Es war ein ähnlicher Abend, wie der, an dem wir den Fisch gegrillt hatten und damit alle anderen Nachbarn im Umkreis von 100 Metern von ihren Balkonen vertrieben hatten.

Nur diesmal haben wir, glaub ich, Fleisch gegrillt.

Aber es ist auch egal.

Tatsache ist, dass wir das neue Lieblingsgetränk der halben Welt auch zu unserem erklärt haben:
den **Aperol-Sprizz**.

Ein ganz übles Zeug, ein Teufelszeug!
Der Teufel trägt nicht Prada.
Nein!
Der Teufel trinkt ORANGE.

**Erstens** schaut das Zeug verdammt lecker aus,

**Zweitens** schmeckt es irre gut und süffig,

**Drittens –** es brizzelt so schön.

Und zu allem Überfluss auch noch **Viertens**:

Man kann nur aufhören, wenn eine der Zutaten ausgeht, sonst ist es vollkommen ausgeschlossen und unmöglich!

Suchtfaktor garantiert!

Ich geb's ja zu, wir waren beide gut dabei und lachten uns scheckig.

Ich weiß nur noch, dass es wie immer mit einem ganz harmlosen Thema angefangen hat, wie zum Beispiel Schuhe.

Ja ich glaube, das war's

Schuhe sind ja für Frauen so ein besonderes Thema und für mich sind sie die Verkörperung der Weiblichkeit.

Genau, wir wollten am nächsten Tag in den Schuhladen um die Ecke gehen, die haben da italienische, vollkommen überteuerte, extrem hohe und geniale Schuhe.

Richtig, jetzt erinnere ich mich, als wäre es gestern gewesen:

„Schnucki, woll'n ma morgen mal in den Schuhladen gehen und gucken?"

„Yip – könn ma machen."

„Die haben da annonciert, dass sie ne neue Lieferung bekommen haben."

„Ja, mach ma, ich wollte auch ein paar Sommerschuhe, die ich ohne Socken anziehen kann."

„Uuuiiiiiiiiiii, ja, klasse, ist genial von Dir, da möchte ich nämlich mal gerne gucken,

weeeeeeeeeeeeeiiiiiiiiiiiiiiiiil ich schon ewig keine ausgefallenen Modelle mehr gesehen hab,

weeeeeeeeeeeeeiiiiiiiiiiiiiiiiiil sie hier in dem Laden unter uns immer nur diese dämlichen biederen Teile haben die für Frauen gemacht sind, die in der Buchhaltung arbeiten,

weeeeeeeeeeeeeiiiiiiiiiiiiiiiiiiil man ja da ganz abgeschottet im Büro hockt und keiner zur Türe reinkommt,

weeeeeeeeeeeeeiiiiiiiiiiiiiiiiiiiil die Weiber da nur immer am Computer sitzen und nix weiter tun als irgendwelche dussligen Belege erfassen, weeeeeeeeeeeeeiiiiiiiiiiiiiiil man da ja nicht mal auf eine Inhouse-Besprechung kommt und wenn man da mal hinkommt, dann sitzen da genau solche Weiber wie die selber und die tragen ja eben genau die gleichen Schuhe,

weeeeeeeeeeeeeiiiiiiiiiiiiiiil die ja nur unter die gleichen Leute kommen und wenn die ins Büro gehen, da ist es ja noch so früh, da sieht sie keiner,

weeeeeeeeeeeeeiiiiiiiiiiiiiiil da sind die anderen ja noch nicht unterwegs,

weeeeeeeeeeeeeiiiiiiiiiiiiiiil die ja noch schlafen und wenn die dann wieder nach hause kommen, ist es ja auch gerade Essenszeit und da ist auch wieder keiner unterwegs,

weeeeeeeeeeeeeiiiiiiiiiiiiiiil die Oberwichtigen hocken ja noch im Büro und die anderen mit Familie sitzen da am Abendbrottisch…"

Kurze Pause zum Luftholen, Schnucki nutzt sofort die Situation schamlos aus und sagt:
„Stimmt genau."

„Ja, und außerdem hab ich nix anzuziehen,

weeeeeeeeeeeeiiiiiiiiiiiiiil es ist einfach gruselig,

weeeeeeeeeeeeiiiiiiiiiiiiiil Du hast mir so ein tolles Kleid geschenkt, und

weeeeeeeeeeeeiiiiiiiiiiiiiiil ich zu den Farben nix passendes hab,

weeeeeeeeeeeeiiiiiiiiiiiiiiil das Kleid einfach nur mit einer bestimmten Art von Beige getragen werden kann,

weeeeeeeeeeeeiiiiiiiiiiiiiiiil alles andere schaut einfach blöd aus und wo wir letzte Woche geguckt haben, die Schuhe waren einfach schrecklich,

weeeeeeeeeeeeiiiiiiiiiiiiiiiiil da waren wieder nur so typisch deutsche Modelle dabei, nix ausgefallenes eben,

weeeeeeeeeeeeiiiiiiiiiiiiiiiiil die Deutschen so was wie die Italiener einfach nicht hinkriegen,

weeeeeeeeeeeeiiiiiiiiiiiiiiiiil die einen ganz anderen Stil haben und

MIST – der Aperol ist alle!"

„Du kannst ja noch weiterreden, ich schau mal, ob ich noch welchen finde."

„Neeeeeeee, allein weiterreden macht keinen Spaß und ohne das Teufelszeug – nein danke, da kann ich mich gleich ins Bett legen und schlafen, weeeeeeeeeeeeeiiiiiiiiiiiiiiil...

weeeeeeeeeeeeeiiiiiiiiiiiiiiiil...

ist ja auch vollkommen egal,

weeeeeeeeeeeeeiiiiiiiiiiiiiiiil eben!!!

weeeeeeeeeeeeeiiiiiiiiiiiiiiiiil ich jetzt müde bin!!!!

und

weeeeeeeeeeeeeiiiiiiiiiiiiiiiiil morgen wieder ein herrlicher Tag mit Dir ist."

„Na gut, dann gehen wir jetzt rein und erlösen unsere armen Nachbarn."

## 6 Und schon wieder Geburtstag!

Das kann doch nicht sein, oder?

Die Zeit rast und meint es nicht gut mit mir.

Schon wieder ist ein Jahr vorbei und es kommt dieser unsägliche Tag, dieser gruselige Tag und Du wirst wieder daran erinnert, dass die Zeit vergeht wie nix und Du immer älter und älter wirst...

Na ja, die einzige Alternative dazu wäre eben, jung zu sterben – und das will ja schließlich auch keiner, oder?

Da muss ich jetzt eben durch!

Ist so!

Das ist das Gesetz der Zeit!

Hilft nix!

Also ergebe ich mich brav in mein Schicksal.

Und warte ab, dass es wieder vorbei geht und ich wieder die Alte bin

Oh je

Gruselig – DIE ALTE!!!

Aber diesmal kann es ja gar nicht so schlimm werden, denn ich kann den Tag mit meinem Schnucki verbringen und ich bin schon sooooooooooo gespannt, was er sich hat einfallen lassen und alles arrangiert und geplant hat.

Denn darin ist er Weltmeister!

Das kann er gut!

Und nicht nur das.

Verwöhnen kann er mich auch gut und das hab ich schließlich auch verdient – JAWOHL!!!

Der Vortag zu dem Ereignis schlich im Büro so dahin.

Der übliche Stress eben, aber was soll's.

Da muss ich durch.

Jammern hilft da nix!

Meine Kollegin und Freundin Toni hat extra auf Urlaub verzichtet, damit ich morgen einen freien Tag krieg – das ist sooooooooooo lieb von ihr und ich freu mich ja auch schon sehr heimlich drauf.

Schnucki und ich wollen reinfeiern, das ist ja wohl klar!

Denn morgen können wir ausschlafen und deshalb muss ich heut um Mitternacht auch nicht den

Champagner ganz alleine trinken, hab Hilfe dazu gekriegt.

HAT WAS!

Also, die Stunde des Abschieds von Toni kommt und wir müssen natürlich noch Lebewohl sagen.

Geht ja gar nicht ohne, denn schließlich sehen wir uns ganze drei Wochen nicht.

Eine schlimme Vorstellung, aber sie hat ihren Urlaub verdient und ebenso nötig wie ich, nur ich hab vorläufig keinen, erst später im Jahr, dann gehen Schnucki und ich auf Kreuzfahrt.

Heiiiiiiiiii!!!

Das wird ein Spaß!

Es zieht sich, immer wieder fällt ihr was ein, was noch zu tun ist, da könnt ich noch gucken, hier fehlt noch eine Rückmeldung – und all das Gedöns!

Schließlich ist es soweit, Schnucki holt mich endlich ab und wir liegen uns in den Armen, der Chef kommt auch noch zu allem Überfluss rein, es geht drunter und drüber.

Es ist fünf Minuten vor halb eins in unserem Irrenhaus.

Schnucki sagt dann noch ganz beiläufig:
„Halb eins ist ne gute Zeit."

Toni meint „Ja, halb eins ist wirklich ne gute Zeit."

Ich sag „Halb eins ist ne gute Zeit zum Abschiednehmen und gehen."

Dann liegen wir uns zu dritt in den Armen und verschwinden mit Sack und Pack in den Nachmittag, jeder in eine andere Richtung.
Ich darf gar nicht darüber nachdenken, dass ich die nächsten drei Wochen auf mich gestellt bin. Bei dem Gedanken könnt ich echt heulen, aber das heb ich mir für später auf.

So, draußen!

Und schon fängt die Zeit wieder an zu rasen.

Ich hab ja da so meine eigene Theorie zum Thema Zeit:
Da oben, guck mal genau hin, ja, da oben hockt einer und der dreht an der Uhr!!!
Siehst Du, Du kannst die Zeiger beobachten, wie sie langsam und träge schleichen, wenn Du im Büro hockst, aber wehe – wehe, wenn Du dann fertig bist

mit Deiner Arbeit. Dann drückt einer drauf und – schwuppdiwupp – bist du wieder in Deinem Büro

Es ist gruselig!!!

Und seitdem ich mit Schnucki zusammen bin, ist es noch schlimmer, da gönnt mir einer das einfach nicht. Der dreht und schraubt an der Uhr, als gäbe es nichts tolleres als mir die schöne Zeit zu stehlen.

Aber gleich ist es zwölf und die Flasche edlen Nasses steht schon bereit, Kerzen brennen, der Tisch ist romantisch gedeckt…

Und ich hab mich auch noch in Schale geworfen und in ein Kleid gezwängt, keiner weiß warum, aber Schnucki hat gemeint, das ist ne feierliche Angelegenheit und man müsste sich schon ein bisserl rausputzen.
Um des lieben Friedens willen hab ich's halt gemacht.

Jetzt noch zwei Minuten, das Drahtkörbchen hat er schon abgefummelt – MITTERNACHT – und der Korken fliegt mit einem lauten Knall quer durchs Wohnzimmer, prallt gegen die Wand und landet genau auf dem Hamsterkäfig.
Toll, jetzt wissen Tsarine und alle Nachbarn auch, dass hier gefeiert wird.

Der Hamster kommt zum Gitter, weil er meint, es gibt wieder ne Leckerei.

Aber Pustekuchen!

Sie schnuppert etwas zaghaft am Korken, knabbert dran rum und verschwindet sichtlich angewidert in ihrem Häuschen.

Wir dagegen lassen es uns schmecken und ich krieg ein großes Paket mit fetter roter Schleife drauf.

Toll, diesmal weiß ich nicht, was drin ist.

Aber eines meiner Lieblingsspielchen ist: Geschenke erraten – und das machen wir jetzt und Champagnertrinken – das mach ich auch für mein Leben gern – Einfach Herrlich!!!

In dem Paket sind lauter kleine Päckchen und jedes ist extra liebevoll eingepackt.

Es dauert ne halbe Ewigkeit, denn jedes Mal, wenn ich meine ich hab's endlich erraten, schüttelt Schnucki lachend den Kopf und wenn ich es dann ausgepackt hab, muss ich auch herzhaft darüber lachen, was ich für Vorstellungen hatte.

Man glaubt es nicht, was es doch für witzige Ideen gibt.

Plötzlich klingelt es – es ist halb eins!!!

Siedend heiß fällt mir das Gespräch von heute Mittag wieder ein!!!

„Halb eins ist ne gute Zeit."

Oh diese gemeinen Menschen!!!

Diese Schweinebacken!!!

Und ich bin immer so dooooooooof und blauäugig!!!
Ach Du Schreck!

Wie schau ich den überhaupt aus???!!!
Mist – schnell noch einen Blick in den Spiegel – oh je!!!!
Keine Zeit mehr für Restaurierungsarbeiten!!!
Na gut – muss eben reichen!

Vorsichtig schleich ich zur Türe…

Oh Gott, da stehen sie!!!

Meine liebste Kollegin Toni und ihr Mann Marko mit einer riesigen Fackel in den Händen.
Nein, es ist eine brennende Torte!

Ein loderndes Höllenfeuer – meine Herrn, so viele Kerzen!!!

Heiland, Blitz und Donner!!!

Was machen die, wenn ich erst mal so richtig alt bin???

Kommen die dann gleich mit einem Schubkarren voller Kuchen und Kerzen?

Oder zünden die das auf der Straße an, weil es nicht mehr durch die Tür passt?

Und ich soll das jetzt ausblasen?

Ich hole tiiiiiiiieeeeeeeeef Luft und – hab's tatsächlich geschafft.

Hihi, Marko hat ein paar Wachsspritzer abgekriegt, geschieht ihm ganz recht!

So was tut man ja auch nicht!

Leute mit Feuer in der Nacht zu überfallen!

Ich hab mich aber wahnsinnig gefreut.

Ich liebe Überraschungen!!!

Und das war eine vom Feinsten!!!

Gefeiert haben wir dann noch bis ca. drei Uhr, sollen sie morgen früh auch was davon haben, wenn sie in die Arbeit müssen.

Ich kann jedenfalls endlich mal ausschlafen, denn das war einer meiner Wünsche und die werden manchmal auch wahr!!!

Und sie werden morgen Ringe unter den Augen haben und das haben sie dann davon!!!

## 7 Auf großer Fahrt

Das Leben ist zwar hart, aber manchmal auch gerecht. So ist es auch in meinem Fall, denn sogar ich habe mal Urlaub – jawohl!!!

Hab doch lange genug geschuftet und mich tagtäglich aus dem Bett gequält.
Und jetzt kommt endlich der Lohn dafür:

U R L A U B!!!

Na ja, ehrlich gesagt, heut sind's noch genau 29 Tage bis dahin, aber davon sind ja schon vier Freitage und vier mal zwei Wochenendtage.
Also rein rechnerisch muss ich noch...
ähm ...
ganz wenig aufstehen – eben!

Und ich bin schon so was von gespannt und neugierig, kann ich sagen!

Wir haben eine Kreuzfahrt gebucht, und zwar schon vor einem knappen halben Jahr.

Glaubt man gar nicht, war nicht einfach – ist nicht zu fassen, wie viele Leute das gleiche machen wollen und das auch noch zur gleichen Zeit!

Es war schwierig genug, noch was adäquates zu kriegen, aber wir haben eine ergattert – eine Mittelmeerkreuzfahrt, und zwar eine vom feinsten!!!

Mit allem drum und dran eben!!!

Wie es sich gehört für zwei hart arbeitende Menschen!!!

Nun sitzen wir seit Stunden am Computer und sind bei der Feinabstimmung: Landausflüge, Wellnesspakete und Essensbuchungen.

Woher soll ich denn jetzt schon wissen, worauf ich im Oktober Lust habe?

Ich meine, ich kenne ja meinen Geschmack ganz gut inzwischen, aber…

Weiß ich denn jetzt schon, dass ich am Montag abend Fischravioli in Limonensauce mag oder ob es vielleicht doch besser ein Steak sein sollte?

Wie denken die sich das eigentlich, wie weit man im Voraus seinen Appetit planen kann – Hä?

Genauso ist es mit dem Wellness, vielleicht hab ich ja trotz – oder genau wegen – dem Landausflug tagsüber abends nur Lust, die Seele baumeln zu lassen und will dann gerade keine Massage, sondern nur Schnuckis warmen Hände?

Ach – keine Ahnung!

Nerven tut's – und das gewaltig.

Ich hab den Eindruck, kaum sitzen wir da eine Stunde, schon sind fünf vorbei.

Gegessen haben wir auch noch nix und das Buchungsprogramm ist auch nicht das schnellste.

Und dauernd bricht es auch noch ab…

GRUSELIG!!!

So, jetzt ist es halb zwölf und wir sind fertig.

Nicht nur mit den Buchungen, sondern auch mit den Nerven!

Egal, dieses Highlight muss gefeiert werden!!!

Und so geht's halt wieder ran an den Kühlschrank und die letzte Flasche Prosecco muss dran glauben.

Brizzelt herrlich!

Jede Menge Weil-Sätze werden gebildet…

Die Zeit fliegt vorbei…

Was uns wohl alles erwartet?

Welche Leute werden wir kennenlernen??

Was für Abenteuer werden wir erleben???

Alles ist fraglich, aber eines ist sicher:
Wir werden wieder unseren Spaß haben!!!

Ja, das ist das Leben!

So und nicht anders.

## ENDLICH !!!